GRöLS Verlage

„BÜCHER SIND WIE FALLSCHIRME. SIE NÜTZEN UNS NICHTS, WENN WIR SIE NICHT ÖFFNEN.“

Gröls Verlag

Redaktionelle Hinweise und Impressum

Das vorliegende Werk wurde zugunsten der Authentizität sehr zurückhaltend bearbeitet. So wurden etwa ursprüngliche Rechtschreibfehler *nicht* systematisch behoben, denn kleine Unvollkommenheiten machen das Buch – wie im Übrigen den Menschen – erst authentisch. Mitunter wurden jedoch zum Beispiel Absätze behutsam neu getrennt, um den Lesefluss zu erleichtern.

Um die Texte zu rekonstruieren, werden antiquarische Bücher von Lesegeräten gescannt und dann durch eine Software lesbar gemacht. Der so entstandene Text wird von Menschen gegengelesen und korrigiert – hierbei treten auch Fehler auf. Wenn Sie ebenfalls antiquarische Texte einreichen möchten, finden Sie weitere Informationen auf www.groels.de

Viel Freude bei der Lektüre wünscht Ihnen das Team des Gröls-Verlags.

Adressen

Verleger: Sophia Gröls, Im Borngrund 26, 61440 Oberursel

Externer Dienstleister für Distribution & Herstellung: BoD, In de Tarpen 42, 22848 Norderstedt

Unsere „Edition | Werke der Weltliteratur“ hat den Anspruch, eine der größten und vollständigsten Sammlungen klassischer Literatur in deutscher Sprache zu sein. Nach und nach versammeln wir hier nicht nur die „üblichen Verdächtigen“ von Goethe bis Schiller, sondern auch Kleinode der vergangenen Jahrhunderte, die – zu Unrecht – drohen, in Vergessenheit zu geraten. Wir kultivieren und kuratieren damit einen der wertvollsten Bereiche der abendländischen Kultur. Kleine Auswahl:

Francis Bacon • Neues Organon • **Balzac** • Glanz und Elend der Kurtisanen • **Joachim H. Campe** • Robinson der Jüngere • **Dante Alighieri** • Die Göttliche Komödie • **Daniel Defoe** • Robinson Crusoe • **Charles Dickens** • Oliver Twist • **Denis Diderot** • Jacques der Fatalist • **Fjodor Dostojewski** • Schuld und Sühne • **Arthur Conan Doyle** • Der Hund von Baskerville • **Marie von Ebner-Eschenbach** • Das Gemeindekind • **Elisabeth von Österreich** • Das Poetische Tagebuch • **Friedrich Engels** • Die Lage der arbeitenden Klasse • **Ludwig Feuerbach** • Das Wesen des Christentums • **Johann G. Fichte** • Reden an die deutsche Nation • **Fitzgerald** • Zärtlich ist die Nacht • **Flaubert** • Madame Bovary • **Gorch Fock** • Seefahrt ist not! • **Theodor Fontane** • Effi Briest • **Robert Musil** • Über die Dummheit • **Edgar Wallace** • Der Frosch mit der Maske • **Jakob Wassermann** • Der Fall Maurizius • **Oscar Wilde** • Das Bildnis des Dorian Grey • **Émile Zola** • Germinal • **Stefan Zweig** • Schachnovelle • **Hugo von Hofmannsthal** • Der Tor und der Tod • **Anton Tschechow** • Ein Heiratsantrag • **Arthur Schnitzler** • Reigen • **Friedrich Schiller** • Kabale und Liebe • **Nicolo Machiavelli** • Der Fürst • **Gotthold E. Lessing** • Nathan der Weise • **Augustinus** • Die Bekenntnisse des heiligen Augustinus • **Marcus Aurelius** • Selbstbetrachtungen • **Charles Baudelaire** • Die Blumen des Bösen • **Harriett Stowe** • Onkel Toms Hütte • **Walter Benjamin** • Deutsche Menschen • **Hugo Bettauer** • Die Stadt ohne Juden • **Lewis Caroll** • *und viele mehr….*

Magda Trott

Goldköpfchens Backfischzeit

Erzählung für junge Mädchen

Inhalt

1. Kapitel
Von Dichtern und Denkern

Seit einem halben Jahre trug Goldköpfchen die grüne Mütze der Obertertia. Mit einem stolzen Gefühl hatte sich der kleine Backfisch diese Kopfbedeckung auf die goldblonden Locken gedrückt. Die grüne Mütze war das erste gewesen, was sich Goldköpfchen in Dresden gekauft hatte, was ihm auch ein klein wenig über die Trennung aus dem Elternhause hinweghalf.

Es hatte ein Weilchen gedauert, ehe sich Bärbel Wagner, die Tochter des Apothekers Wagner in Dillstadt, damit abgefunden hatte, daß sie von nun ab nicht mehr in Dillstadt die Privatschule des Fräulein Greger besuchen durfte, daß sie vielmehr zur weiteren Fortbildung nach Dresden auf das Realgymnasium kam. Es war ein Glück, daß sie nicht in Pension brauchte, daß sich die gute Großmama sogleich bereit erklärt hatte, den frischen Backfisch zu sich zu nehmen, Bärbel weiter zu überwachen und zu emsiger Arbeit anzuhalten.

Es war dem Apothekenbesitzer Wagner nicht leicht geworden, die Fünfzehnjährige aus dem Hause zu geben, aber er und auch seine Gattin hatten eingesehen, daß Bärbel in der heutigen Zeit eine gute Schulbildung brauchte, denn beide Eltern waren sich einig, Bärbel später einmal einen Beruf ergreifen zu lassen, der es auf eigene Füße stellte. Dafür war aber eine gute Gymnasialbildung unbedingt notwendig, die Bärbel hier in Dillstadt nicht erhalten konnte.

Da die Mutter Frau Wagners in Dresden wohnte, war es ganz natürlich, daß man den Backfisch zu ihr gab. Eine Aufnahmeprüfung fiel ziemlich gut aus, Bärbel war zu Ostern dieses Jahres in die Obertertia gekommen und hatte sich dort auch verhältnismäßig rasch eingelebt.

Anfangs fühlte sich das junge Mädchen allerdings durch die Großstadt etwas bedrückt, aber Bärbel ließ es sich nicht merken, denn sie wollte nicht als Kleinstädterin gelten vor allen denen, die hier in Dresden aufgewachsen waren und jetzt neben ihr auf den Schulbänken saßen.

Bei Frau Lindberg, der treusorgenden Großmutter, fand Bärbel immer Verständnis und Rat. Sie hatte unbegrenztes Vertrauen zu der gütigen Dame, die bemüht war, die Regungen eines Backfischherzens zu verstehen, die hin und wieder mit vorsichtiger Hand alles das aus dem Herzen des Kindes ausrottete, was dort Wurzel schlagen wollte und nicht keimen durfte. Der Einfluß schlechter Elemente war bei Bärbel nicht groß. Das unverdorbene Kleinstadtmädchen hatte einen prächtigen, gesunden Instinkt für alles Unschöne, und wenn man Bärbel auch anfangs öfters einmal wegen ihrer Unwissenheit verspottet hatte, war es dem energischen jungen Mädchen doch bald gelungen, sich Respekt zu verschaffen.

Heute spielte Bärbel bereits in der Obertertia eine Rolle und wurde von verschiedenen Mitschülerinnen ganz auffällig angeschwärmt. Aber auch unter den Lehrern hatte Bärbel, ohne daß sie es wußte, manchen Freund. Das junge Mädchen mit dem offenen Gesicht, mit den großen, treuen Augen und der goldenen Lockenfülle, schmeichelte sich unbewußt in die Herzen der Pädagogen, die sofort erkannten, daß hier eine unverdorbene Mädchenseele vor ihnen lag, die gehütet werden mußte, die sich aber auch instinktiv selbst vor Häßlichem schützte. Wenn Bärbel im Übermut ihrer fünfzehn Jahre einen tollen Streich beging, wenn ihr dann das Herz bis zum Halse hinauf schlug, dann hatte sie aber auch den Mut, für ihre Unarten offen einzutreten, und auch das trug ihr die Sympathien der Lehrerschaft ein.

Frau Lindberg hatte an der Ehrlichkeit ihrer Enkelin die allergrößte Freude. Wohl machte ihr Bärbel mitunter recht viel zu schaffen, denn das junge Mädchen war durchaus kein Tugendbold, aber bei einer Unwahrheit hatte Frau Lindberg ihre Enkelin noch nie ertappt. Sie brauchte Bärbel nur fest in die Blauaugen zu sehen, um zu wissen, ob irgendein Schatten auf ihrer Seele lag.

Daß sich die kluge Frau mitunter taub und blind stellte, trug nur dazu bei, das zärtliche Verhältnis zwischen Großmutter und Enkelin zu festigen. Frau Lindberg dachte gar nicht daran, dem lebensfrohen Backfischchen irgendeine Freude zu nehmen. Sie wußte selbst aus Eigenem, daß das Backfischalter seine Geheimnisse, seine Leiden und Freuden hat, und das alles sollte auch Bärbel erleben. Wurde sie mit sich selbst nicht fertig, dann kam das bedrückte Kind ohnehin zur Großmutter, um sich von ihr Rat zu holen.

Auch heute wartete Frau Lindberg ungeduldig auf die Obertertianerin, die eigentlich schon längst hätte daheim sein müssen. Das Mädchen hatte bereits zum zweiten Male gefragt, ob es das Mittagessen auftragen dürfe. Da aber Bärbel noch nicht aus der Schule zurückgekehrt war, mußte man warten.

Erst mit halbstündiger Verspätung ertönte die Flurglocke. An dem stürmischen Läuten erkannte die Großmutter sofort, daß es Bärbel war.

Mit hastigen Schritten eilte das junge Mädchen in sein Zimmer, um kurz darauf mit noch glühenden Wangen vor Frau Lindberg zu erscheinen, die im Eßzimmer wartete.

„Ach, Großchen, nun ist es mal wieder etwas später geworden, bist du böse, Großchen? – Ach nein, du bist nicht böse, das sehe ich! Ach, Großchen, – wir sind hinter ihm hergegangen; und dann hat er sich umgedreht. – Denke dir doch, Großchen, er hat mich angesehen und gelächelt."

„Eine halbe Stunde wartete ich nun schon auf dich, Bärbel – –"

„Das ist freilich sehr schlimm, Großchen. Aber denke doch an unser Glück. Seit vierzehn Tagen haben wir ihn nicht gesehen, und heute, als wir gerade aus der Schule kommen, geht er drüben auf der anderen Straßenseite. Ein Glücksgefühl durchsauste mich! – Ach, Großchen, wenn du ihn gesehen hättest! Er ist doch zu herrlich!"

„Du meinst natürlich wieder deinen angeschwärmten Armin Rabes!"

„Ja," sagte Bärbel und verdrehte schwärmerisch die Augen, „denke dir, Großchen, er spielt nächstens in den ›Räubern‹! Liebes, allerliebstes Großchen, ich kaufe mir auch keine neuen Handschuhe, ich flicke die alten wunderbar aus, sollst mal sehen, wie ich das kann. Aber laß mich auf den Olymp!"

„Wir sind doch gerade erst im ›Tell‹ gewesen, liebes Bärbel."

„Ach der ›Tell‹, Großchen, da hat er doch nicht mitgespielt. Aber als Räuberhauptmann – –! Ach Großchen, ich könnte für ihn auch zu den Räubern gehen."

„Jetzt setze dich lieber nieder, mein Kind, wir wollen essen. Es ist wirklich spät genug."

„Du mutest mir viel zu, Großchen. – Das Glück steckt mir wie ein Kloß in der Kehle!"

„Sage mir lieber, was du für eine Zensur im deutschen Aufsatz bekommen hast."

„Eine Zwei, Großchen."

„Das ist brav, Bärbel."

„Und dafür darf ich auf den Olymp? Edith will auch mit. – Großchen, Edith hat mich heute furchtbar beneidet. Er hat mich angelächelt, wirklich mich! – Ich war nahe daran, meine Mütze vor ihm zu ziehen."

„Die laß nur auf dem Kopfe sitzen, mein Kind."

„Geglüht habe ich, Großchen, – ach, das Blut rast einem durch die Adern, wenn man ihn lächeln sieht. – Großchen, hast du jemals einen Künstler geliebt?"

„Geschwärmt habe ich für manchen!"

„Geschwärmt," sagte Bärbel verächtlich, „ich meine, ob du ihn mit allen Fasern deines Herzens geliebt hast?"

„Nein, mein Kind, das nicht. Das ist ja auch keine Liebe, Bärbel; man verehrt den Künstler, erfreut sich an seiner Kunst, man sieht ihn gern auf der Bühne –"

„Ach, mir geht es ganz anders, Großchen. Ich könnte für ihn sterben! – Ach, wenn du nur wüßtest, wie er gelächelt hat!"

Das Essen war aufgetragen; aber obwohl Bärbel sonst sehr rasch ihre Portionen verschlang, heute ruhten Messer und Gabel gar oft, denn es gab viel zu erzählen.

„Wie glücklich müssen die Leute sein, bei denen er wohnt. Großchen, könnten wir denn nicht auch ein Zimmer vermieten? Wir würden es an einen Künstler ganz billig abgeben. Ach, überlege dir das doch einmal, Großchen."

„Wir brauchen unser Fremdenzimmer, mein Kind. Wo sollen wir denn deine Mutti hinlegen, wenn sie zu uns kommt?"

„In mein Zimmer, Großchen. – Ich würde für einen Schauspieler alles opfern. – Ach, Großchen, er wohnt bei einer Kaufmannswitwe. Wir sind schon so oft an seinen Fenstern vorbeigegangen. Edith hat ihm neulich eine Rose vor die Korridortür gelegt."

„Hat er denn gewußt, daß die Rose für ihn bestimmt war?"

„Er muß es geahnt haben."

So ging es noch ein Weilchen weiter. Bärbel konnte heute nicht genug von dem ersten Liebhaber des Stadttheaters erzählen, der auf das junge Mädchen einen starken Eindruck gemacht hatte. Seit Bärbel den Schauspieler Rabes zum ersten Male in der „Maria Stuart" gesehen hatte, schlug ihr Herz leidenschaftlich für den Künstler. Alles Taschengeld war für Postkarten, die sein Bild zeigten, ausgegeben worden, alle Löschblätter trugen verschnörkelt seinen Namen, und in stillen Stunden dichtete Bärbel den verehrten Künstler an. Sie bedauerte es unendlich, daß sie nicht mit der gleichen Begabung versehen war, die der Unterprimaner Gerhard Wiese sein eigen nannte. Gerhard Wiese schickte fast jede Woche an Bärbel ein Gedicht, und jedesmal bewunderte sie aufs neue seine große Kunst. In ihren Augen würde Wiese ein zweiter Schiller werden; er hatte ihr verraten, daß er jetzt an einem achtaktigen Schauspiel arbeite, das zum Helden den Cheruskerfürsten Hermann habe und das wahrscheinlich im Dresdener Theater zur Aufführung kommen werde. Bärbel hatte sich lebhaft nach diesem Stück erkundigt und gefragt, ob darin auch für Armin Rabes eine schöne Rolle enthalten sei. Und da ihr der Primaner bestätigte, daß Hermann geradezu eine Bombenrolle sei, ersehnte Bärbel den Augenblick, wo das Schauspiel vollendet sein würde.

Auch die Großmama wußte von diesem Stück, nur mochte sie nicht daran glauben, daß der Cheruskerfürst demnächst in Dresden aufgeführt werde. Bärbel konnte Frau Lindberg nicht davon überzeugen, daß Gerhard Wiese das größte Dichtertalent sei, das gegenwärtig in Deutschland lebe.

„Großchen, ich habe heute übrigens von Gerhard wieder ein Gedicht bekommen. Ich habe es Edith gezeigt, und sie meint, es sei das schönste Gedicht, das sie jemals gelesen habe."

„So, so, hat er mein Bärbel angedichtet?"

„Ja, Großchen, in den wunderschönsten Ausdrücken!"

„Darf ich das Gedicht nicht einmal sehen, mein Kind?"

Bärbel würgte erst einige Male an einem Bissen, dann sagte sie kleinlaut: „Großchen – – es handelt ein wenig von der Liebe."

„Das kann ich mir denken, Bärbel, aber ein schönes Liebesgedicht hört dein Großchen auch ganz gern."

„Ich trage es auf dem Herzen."

„Dann kannst du es mir ja nach Tisch gleich vorlesen."

„Ich habe schon daran gedacht, Großchen, daß ich es schön abschreibe, auf Elfenbeinpapier. Dann werde ich es Armin Rabes zuschicken."

„Er könnte dann aber denken, daß du es gedichtet hast, Bärbel."

„Ach," sagte der Backfisch schwärmerisch, „wenn er es doch denken wollte! – – Großchen, du mußt das Gedicht gleich jetzt hören."

Bärbel griff in den Halsausschnitt ihres Kleides und zog ein Blatt Papier hervor.

„Also höre, Großchen, was ein bedeutender Dichter zu sagen hat.“

Großchen lehnte sich erwartungsvoll im Stuhl zurück. Bärbel begann mit Pathos:

„Mein Herz, ich will dich fragen:
Was ist die Liebe, – sag?
Zwei Seelen und ein Gedanke,
Zwei Herzen und ein Schlag.

Und sprich, woher kommt Liebe? – –“

Da fiel die Großmama plötzlich ein:

„Sie kommt, und sie ist da.
Und sprich, wie schwindet Liebe?
Die war's nicht, der's geschah.“

„Großchen,“ rief Bärbel mit weit geöffneten Augen.

„Wer soll der Dichter sein, Bärbel?“

„Gerhard Wiese, Großchen!“

„In meiner Zeit hieß der Dichter Friedrich Halm.“

Eine Weile war Bärbel starr. Dann sagte sie fragend:

„Abgeschrieben? – – Gestohlen?“

„Ich will dir nachher einen Band Gedichte geben, mein liebes Kind, in dem das ganze Gedicht zu finden ist.“

„So ein Schurke!“ rief Bärbel entrüstet. „Dabei hat er mir zugeflüstert, er hätte es heute nacht gedichtet.“

„Da hat er dich freilich ein wenig bemogelt. Hoffentlich schreibt er seinen Cheruskerfürsten nicht auch irgendwo ab.“

„Großchen, du treibst mir einen Pfeil ins Herz, – ich finde das empörend. Ich habe bereits siebzehn andere Gedichte von ihm. – Ob er die auch alle abgeschrieben hat?“

„Nun, vielleicht hat er einige davon selbst gedichtet.“

„Und ich habe an sein Genie geglaubt. – Großchen, kennst du alle Gedichte?“

„Nein, Bärbel, das ist ganz unmöglich!“

„Wehe ihm, wenn er die anderen auch abgeschrieben hat! – Großchen, es ist eines darunter, das habe ich auswendig gelernt, weil es so wundervoll ist.“

„Sage es einmal her, vielleicht ist es mir bekannt.“

Und Bärbel begann:

„Du schönes Dillstädter Mädchen,
Treibe den Kahn ans Land,
Komm zu mir und setze dich nieder,
Wir kosen Hand in Hand.“

„Freilich, kenne ich das, Bärbel. Das Gedicht ist von Heinrich Heine. Nur heißt es bei ihm nicht Dillstädter Mädchen, sondern Fischermädchen.“

„Das ist doch arg! Dann hat er die anderen auch gemopst, denn sie sind in Form und Sprache alle so wunderschön. Na, den will ich blamieren. Vor der ganzen Prima kriegt er sein Fett! Der darf mich nicht mehr andichten. – Ach, Großchen, es gibt doch heute zu viel Betrug auf der Welt!“

„Er hat es gewiß gut gemeint. Nett ist es natürlich nicht von ihm, daß er sich mit fremden Federn schmückt.“

„Ich verachte ihn,“ sagte Bärbel hoheitsvoll, „wir beide sind fertig! Wenn er jetzt vor mir die Mütze zieht, bekommt er nur einen durchbohrenden Blick.“

Als Bärbel nach dem Essen in ihrem Zimmer saß, um sich zunächst den Schulaufgaben zu widmen, kamen ihr wieder die Gedanken an den betrügerischen Dichter. Sie eilte zur Kommode und nahm daraus ein Päckchen, das sorgsam mit einem roten und einem blauen Bändchen umwickelt war.

Dann las sie nochmals die Gedichte durch, die Gerhard Wiese für sie geschrieben haben wollte. Manche waren ihr allerdings schon früher ein wenig bekannt erschienen. Jetzt stand es für sie felsenfest, daß alle abgeschrieben waren.

Sie wickelte die Gedichte wieder zusammen, aber das rote Bändchen ließ sie fort.

„Rot ist die Liebe," sagte sie vor sich hin, „du hast es nicht verdient, daß mein Herz auch nur ein klein wenig für dich schlägt."

Ihre Blicke glitten weiter über den Inhalt des Schubfaches. Wohlgeordnet lagen hier verschiedenfarbig zusammengebundene Päckchen. Eines fiel besonders auf. Ein breites rotes Band war kreuzweise über einige Postkarten gebunden.

Andächtig nahm Bärbel dieses Päckchen zur Hand.

„Armin Rabes," flüsterte der niedliche Backfisch, „du bist doch der Herrlichste von allen!"

Dann wurde ein schneller Kuß auf das breite rote Band gedrückt, das Päckchen wanderte auf seinen Platz zurück. Nachdenklich schweiften die blauen Mädchenaugen über ein anderes Paket. Bärbels Hände strichen über das rosa Bändchen.

„Er hat mich einst geliebt, – aber das Rot seiner Liebe ist heute verblaßt. – Weißt du es noch, Carlos Schilling, wie du mir das Stück Blutwurst schenktest, und wie ich es daheim in der Blechbüchse verschloß, bis es so stank, daß ich es fortwerfen mußte? Ach, es waren selige Zeiten, als du damals auf dem Gute warst! Aber andere Männer sind nun in mein Leben getreten, und doch, Carlos, du bist noch nicht vergessen."

Bei diesen Gedanken an den einstigen Eleven des Gutes Körtenau kam auch die Erinnerung an jene übermütigen Stunden daheim. Was hatte sie mit den Brüdern, den Zwillingen, nicht alles angestellt! Erst gestern hatte sie eine Karte von den beiden Buben erhalten, man hatte angefragt, ob sie nicht bald wieder heimkäme.

Bärbel schüttelte traurig den Kopf.

„Noch nicht," murmelte sie, „die Pflichten halten mich hier fest. Aber in zehn Wochen ist Weihnachten, dann geht es heim!"

Neben all diesen Päckchen lag ihr Tagebuch. Die Mutter hatte es ihr zu ihrem vierzehnten Geburtstage geschenkt, und die erste Eintragung hatte dem Freunde Carlos gegolten, von dem überhaupt auf den ersten Tagebuchseiten fast ausschließlich die Rede war. Oh, Bärbel erinnerte sich noch sehr genau an den Tag, an dem sie mit ihrer Freundin Lore nach Körtenau hinausradeln wollte. Die Mutter hatte es sanft mahnend verwehrt. Man war nicht zu Carlos gefahren, aber in dem Tagebuch prangte dafür die Eintragung:

> Wenn auch das Herz vor Sehnsucht bricht,
> Mein süßer Freund, ich komme nicht,
> Ich bin aus festem, starkem Holz,
> Es sagte Nein mein Mädchenstolz!

Die schlanke Mädchengestalt straffte sich. „Richtig, Bärbel," sagte der goldlockige Backfisch vor sich hin, „es ist sehr zweckmäßig, wenn der Mädchenstolz zeitweise Nein sagt. Und Gerhard Wiese soll meinen Mädchenstolz zu fühlen bekommen. Ich lasse mich doch von solch einem Affen nicht dumm machen!"

Bärbel schlug die letztbeschriebene Seite des Tagebuches auf.

„Ach, daß ich ihm wieder in die Augen sehen könnte! Diese Augen sind wie zwei Sonnen. Sie können glühen wie der Krater des Vesuv!"

Sie drückte das Tagebuch leidenschaftlich an sich und tanzte damit durch das Zimmer.

„Ich habe ihn gesehen, er hat mich angelächelt! Oh, seit ich ihn gesehen, glaub' ich blind zu sein! – Wenn ich doch schon die verflixte Mathematikaufgabe beendet hätte, damit ich von ihm schwärmen kann!"

Bärbel legte das Tagebuch wieder zur Seite, nahm erneut das Schulheft zur Hand, kaute dann eine Weile an dem Federhalter; aber die Zahlen, die vor ihr standen, wollten heute keinen festen Fuß in ihren Gedanken fassen.

„O Armin – Armin, welch ein Blick,
Der Teufel hole die Mathematik!"

Nein, heute ging es wahrhaftig nicht. Ein Seufzer nach dem anderen war zu vernehmen. Immer tiefer und schwerer entrangen sie sich Bärbels Lippen. Die Augen wanderten ununterbrochen zum Fenster hinaus. Und wenn sie auch nur auf den Hof schauten, es gab dort doch allerlei, was die Gedanken von der Arbeit ablenkte. Die Uhr rückte unerbittlich vorwärts, und noch immer saß das junge Mädchen vor den Heften, ohne die Lösung der Aufgabe zu finden.

Jetzt rief das Hausmädchen zum Kaffeetrinken. Frau Lindberg sah den unglücklichen Ausdruck in dem frischen Gesicht der Enkelin und fragte teilnehmend, was wieder einmal los sei.

„Ach, Großchen, es ist heute wahrhaftig zuviel auf mich eingestürmt. Ich werde mit meinen Schularbeiten nicht fertig. Ich muß immerfort an den seelenvollen Blick aus einem feurigen Auge denken."

„Das ist aber ganz verkehrt, mein liebes Bärbel. Nimm dich zusammen, mein liebes Kind. Heute abend kannst du mir dann mehr von deiner Schwärmerei erzählen."

„Und dann dieser Schurke, Großchen!"

Frau Lindberg lachte belustigt auf.

„Da siehst du nun wieder einmal, Bärbel, daß alles einmal ans Licht der Sonne kommt, und daß es das beste ist, stets ehrlich zu sein. – Mache dem armen Jungen die Hölle nur nicht gar zu heiß. Sage ihm, daß du seine Gedichte bereits in gedruckten Büchern hättest. Ich habe dir dort einen Gedichtband hingelegt. Es ist Heines „Buch der Lieder", in dem auch das „schöne Fischermädchen" steht.

„Das Buch nehme ich morgen mit und halte es ihm unter die Nase. Dann bin ich wirklich neugierig, was er für ein dummes Gesicht dazu machen wird.“

Als Bärbel dann mit dem Buche in ihr Zimmer zurückkehrte und flüchtig darin blätterte, entdeckte sie plötzlich, daß noch drei andere Gedichte darin enthalten waren, die Gerhard Wiese als sein geistiges Eigentum ausgegeben hatte.

Hastig riß sie aus ihrem Schulhefte eine Seite heraus, überlegte wenige Minuten, dann schrieb sie den folgenden Vers:

„Ich will nichts mehr von deiner Liebe,
Du wurdest zum elenden Diebe!
Nimm deine Gedichte alle wieder,
Ich fand sie in Heines „Buch der Lieder“!
Die Neigung zu dir ist verpufft,
Von nun an bist du für mich Luft.“

Der Backfisch war mit dieser Leistung vollauf zufrieden. Wenn Bärbel auch fühlte, daß ihre Dichtkunst nicht hervorragend war, ersah Gerhard doch daraus, daß sie nichts mehr mit ihm zu tun haben wollte. Sie nahm sich vor, von jetzt an den langen Hans Herwig freundlicher anzusehen als bisher. Man hatte ihr schon immer gesagt, daß Herwig sie verehre. Edith hatte ihr berichtet, daß er erst kürzlich zu seinen Mitschülern gesagt habe: wenn ich Bärbel ansehe, dann ist es mir, als sähe ich ein goldenes Ährenfeld und eine grüne Wiese. Auf goldenem Haupte die grüne Mütze. Dieser Ausspruch hatte Bärbel ganz gewaltig imponiert. Hans Herwig saß zwar trotz seiner siebzehn Jahre noch in Untersekunda, aber er erschien allen Backfischen ziemlich interessant, weil man auf seiner Oberlippe schon dunkle Härchen bemerkte, die die anderen Sekundaner nicht aufzuweisen hatten.

Es war doch zu herrlich, daß das Kant-Gymnasium in derselben Straße lag, in der sich auch das Mädchengymnasium befand. Auf diese Weise hatte man immer Gelegenheit, nach Schulschluß ein paar zärtliche Blicke tauschen zu können. Mitunter glückte es auch, daß man in der Papierhandlung vom alten Papa Rippelmann einen oder den anderen der Kant-Schüler traf, wenn man schnell in der Pause ein Heft oder einen Bleistift besorgte.

Nun, auf jeden Fall kam Hans Herwig, der lange Schwarze, nach Schulschluß als einer der Ersten am Mädchengymnasium vorbei und blieb dann stets gegenüber vor der Konditorei so lange stehen, bis die Tertianerinnen erschienen. Gleich morgen sollte Hans Herwig einen besonders freundlichen Blick von ihr erhalten. Er war bestimmt kein Dieb, dazu hatte er viel zu ehrliche Augen.

Als die Mathematikaufgabe endlich gelöst war, klappte Bärbel das Heft erleichtert zusammen. Dann holte sie ihr Tagebuch hervor, und fünf Seiten wurden mit einem schwärmerischen Erguß bedeckt, der damit endete: „Ach, Mortimer, ach, Armin, du mein zukünftiger Räuberhauptmann, die Stunde kehrt wieder, in der unsere Augen ineinandertauchen."

2. Kapitel
Doktor Rollmops

Das war ein Kichern und Lachen in der Obertertia, wie man es lange nicht mehr gehört hatte. Die Schülerinnen hatten sich gewaltig zusammennehmen müssen, um dem Ordinarius, Herrn Doktor Gerlach, nicht ins Gesicht zu lachen.

Es war aber auch zu komisch, daß ein Hering von nun an in der Obertertia den Geschichtsunterricht erteilen sollte. Studienrat Simoni war schwer erkrankt, hatte einen halbjährlichen Urlaub nehmen müssen; so war, kurz nach Beginn des zweiten Halbjahres, Herr Doktor Hering berufen worden, um in der Klasse den erkrankten Kollegen zu vertreten.

„Kinder, ich platze vor Lachen," rief Bärbel in der Pause. „Der Hering kommt!"

„Hering in Gelee!“

„Doktor Rollmops!“

„Habt ihr ihn schon gesehen?“

„Zwei Meter neunzig, – Gewicht: neunundneunzig Pfund, – Stiefel: Nummer 36. – Kinder, das ist ein Unikum!“

„Was sollen wir denn mit dem Doktor Rollmops anfangen?“

„Wenn er doch erst käme!“

So tönte es durcheinander. Die ganze Klasse befand sich in fieberhafter Spannung, niemand kannte den neuen Vertreter; alles waren nur Vermutungen, und doch hatte man munkeln gehört, daß Doktor Hering ein ganz frischgebackener Studienrat sei, der wegen seiner Größe und Magerkeit in Dresden bekannt wäre.

„Wenn ihn der Ordinarius bringt, wenn er ihn uns vorstellt, – Kinder, Kinder, ich lache mich tot,“ kicherte Bärbel. „Du hast einen breiten Rücken, Valeska, ich verkrieche mich hinter dich. – Kinder, Kinder, ich stopfe mir das ganze Taschentuch in den Mund!“

„Wehe dir, Bärbel, wenn du loslachst!“

„Doktor Rollmops, – hahaha! Wir werden ihn mit Zwiebeln werfen, mit Pfefferkörnern!“

„Wir werden ihn ärgern, daß er schwitzt!“

„Dann wird aus dem Hering ein Brathering!“

Die Glocke läutete. Sekundenlang herrschte Totenstille in der Klasse, darauf begann das unterdrückte Kichern erneut.

„Jetzt kommt er – – der Ordinarius bringt ihn! Ach, Gott, ich sterbe vor Lachen!“

Goldköpfchen, das in der zweiten Bank saß, duckte sich ganz zusammen. Der Backfisch hatte vor sich selbst Angst. Bärbel kannte sich. Wenn ihr einmal das Lachen ankam, gab es kein Halten mehr. Wenn dieser Doktor Hering wirklich ein solch langer, magerer Herr war, wie ihn

Gabriele Langen schilderte, dann wußte Bärbel, daß der Lachkrampf kam und daß es unmöglich war, ihn zurückzudämmen.

„An was denke ich nur schnell?“ flüsterte sie ihrer Nachbarin zu, „an etwas recht Trauriges! An den Tod von Mortimer – –, ja, das will ich tun.“

Wenige Augenblicke später stellte der Ordinarius Doktor Gerlach der Obertertia den neuen Geschichtslehrer Doktor Hering vor.

Bärbel saß auf dem Platze und hatte die Hände so fest ineinander verkrampft, daß die Knöchel schneeweiß waren. Nur eine Sekunde lang hatte sie ihre Blauaugen zu dem spindeldürren, langen Studienrat erhoben, der den Ordinarius genau um Kopfeslänge überragte. Es kam hinzu, daß Doktor Hering den blonden Kopf unnatürlich weit nach vorn streckte, der weiße Kragen erschien viel zu kurz für den langen Hals, und als jetzt Valeska ganz leise das Wort „Giraffe“ flüsterte, biß Bärbel die Zähne knirschend aufeinander.

Nicht lachen, – nicht schreien vor Übermut! – Bärbel dachte an einen schwarz verhängten Sarg, an das Todesurteil der Maria Stuart. Sie murmelte die letzten Worte Mortimers leise vor sich hin:

„Maria, Heilige, bitt' für mich und nimm mich zu dir in dein himmlisch Leben.“

Jetzt sprach der lange Hering. Bärbel hatte nur ein Sausen und Brausen in den Ohren, in der Kehle saß eine ganze Tonleiter, die hinausdrängte. – Nur nicht lachen!

Totenstille herrschte in der Klasse. Aber Bärbel fühlte deutlich, wie alle Nerven gespannt waren. Sie setzte sich nochmals energisch auf dem Platze zurecht, drückte sich die Fingernägel fest ins Fleisch. – Ein ganz schwarz verhängter Sarg stand irgendwo. – – Nur nicht aufblicken!

Dann kam aus der hintersten Bank ein leises Kichern. Ganz leise, – aber für Bärbel wurden diese unterdrückten Töne zum Verderben. Sie warf beide Arme auf die Tischplatte, drückte das Gesicht fest hinein; und dann lachte sie los, lachte, lachte, bis ihr die Tränen über das Gesicht strömten. Sie preßte die Fäuste an den Mund, sie drückte die Frisur der Bluse an die

Lippen. – Alles nützte nichts. Bärbel lachte, und in dieses Lachen stimmte die Nachbarin mit ein; es lief von Bank zu Bank, und der finster dreinblickende Ordinarius wurde von diesem Gelächter überbraust, als ob man ihn mit glühender Lava überschüttete.

„Ruhe!"

Der gebieterische Ruf fruchtete nichts.

In das blasse Gesicht unter den blonden Haaren des neuen Studienrates stieg dunkle Röte. In sichtlicher Verlegenheit streckte Doktor Hering den Kopf vor und zurück, was natürlich von den jungen Mädchen auch nicht unbemerkt blieb.

„Die Giraffe würgt," flüsterte Valeska Bärbel zu; aber Bärbels Augen waren voller Tränen, die verdunkelten den Blick.

Nun begann eine Strafpredigt, ernst und eindrucksvoll. Die meisten der jungen Mädchen faßten sich, nur Bärbels Körper schüttelte sich noch immer vor Lachen.

„Barbara!"

Bärbel machte eine abwehrende Bewegung mit der Hand. Wenn sie ihre Ruhe wiedergewinnen sollte, mußte man sie unbehelligt lassen.

„Barbara, stehe auf!"

Auch das noch!

„Maria, Heilige, bitt' für mich und nimm mich zu dir in dein himmlisch Leben."

Aber auch die Sterbeworte Mortimers fruchteten in diesem Augenblicke nichts. Gekrümmt erhob sich das junge Mädchen, um sogleich wieder in sich zusammenzusinken.

„Du siehst mich an, Barbara."

Bärbel erschrak. Dicht neben dem Ordinarius stand Doktor Rollmops.

„Was habt ihr so zu lachen? Du sollst mich ansehen, Barbara. – Hörst du nicht?"

Der strenge Ton des Klassenlehrers verfehlte auch diesmal seine Wirkung nicht. Bärbel hob den verschleierten Blick, aber eben in diesem Augenblicke beugte sich Doktor Hering etwas vor. Bärbel hatte den Eindruck, als sähe sie da vorn eine gebogene Latte, und aufs neue kam über ihre Lippen ein jämmerlich klingender Ton, ein ersticktes Lachen, das gewaltsam zurückgedrängt werden sollte.

„Wir beide sprechen uns nach dem Unterricht. – Setz dich."

Bärbel hörte nicht mehr, was der Ordinarius sagte. Sie schämte sich, daß sie sich so schlecht betragen hatte, aber dennoch steckte ihr das Lachen noch immer in der Kehle. Es war furchtbar, daran zu denken, daß dieser Fiedelbogen dort vorn auf dem Katheder sitzen sollte, um den Unterricht zu geben.

Der Ordinarius hatte die Klasse verlassen; der neue Studienrat begann mit den einleitenden Worten.

Ein Neidgefühl stieg plötzlich in Bärbel auf. Wie war es nur möglich, daß sich die Mitschülerinnen derartig beherrschten? Die meisten konnten Doktor Rollmops ungestört betrachten. Aber jedesmal, wenn Bärbel den Blick erhob, ging es erneut wie ein elektrischer Schlag durch ihren Körper, und jedesmal fuhren beide Hände an den Mund, um die Lippen noch fester zu schließen.

Man hatte geglaubt, daß dieser spindeldürre Studienrat nun auch eine helle, wäßrige Stimme haben würde. Aber seine Worte klangen rauh und streng. Wenn er etwas sagte, wurde das so herrisch hervorgestoßen, als spräche ein erzürnter Herrscher seine Wünsche aus. Es klang beinahe, als bestünde der ganze Unterricht nur aus Befehlen.

Bärbel lauschte mit gesenktem Kopf der neuen Methode. Wenn man nicht hinblickte zu dem Manne, mußte man glauben, daß auf dem Katheder der Tyrann von Syrakus saß, den Dolch in der erhobenen Rechten. Aber wenn man den Mann dann ansah – –

„O Gott, o Gott," stöhnte Bärbel leise auf.

Valeska Meißner, die neben Bärbel saß, hatte ihre teuflische Freude daran, Bärbel noch immer fassungslos zu sehen.

„Wie mag er aussehen, wenn er in der Badewanne sitzt!“ flüsterte sie Bärbel zu.

Die vordere Mitschülerin hatte diese Worte gehört. Hastig wandte sie sich um.

„In der Badewanne hat er ja keinen Platz. Er muß die langen Beine hinaushängen.“

Bärbel warf einen flehenden Blick auf ihre Klassengenossinnen.

„Bitte, bitte, seid doch still,“ flüsterte sie.

Vom Katheder herunter grollte es weiter. Keines der jungen Mädchen hatte eine Ahnung, wie es in dem Herzen des jungen Studienrates aussah. Er wußte schon lange, daß er infolge seiner Magerkeit und Größe für alle Bekannten eine lächerliche Figur war. Er hatte sich geradezu vor dem heutigen Tage gefürchtet, weil es ihm bekannt war, daß er auf die Backfische der Obertertia den ungünstigsten Eindruck machen würde. Seine übergroße Verlegenheit, die angeborene Schüchternheit, schnürten ihm häufig die Kehle zusammen, und als er heute das Gelächter gehört hatte, fühlte er sich fast einer Ohnmacht nahe.

Er sagte sich, daß er diesen jungen Mädchen niemals zeigen durfte, was er innerlich litt. Er mußte sich gleich vom ersten Augenblick an Respekt verschaffen. Das aber konnte nur geschehen, wenn er den unfreundlichsten und herrischsten Ton anschlug, der ihm zu Gebote stand. Und wenn er heute von der Gründung Roms sprach, wenn er die Namen Romulus und Remus erwähnte, klang das wie Kanonenschüsse. Alles aber nur, um sich vor dieser Klasse in Respekt zu setzen.

Bärbel wurde in dieser Stunde gar nicht gefragt. Sie war glücklich darüber, denn wenn sie auch endlich das Lachen eingestellt hatte, fühlte sie doch noch immer, daß es nur des leisesten Anstoßes bedurfte, um erneut loszukichern. Das aber kam dem Backfisch doch zu albern vor.

Das junge gequälte Mädchen atmete erlöst auf, als endlich die Glocke ertönte und das Ende der Stunde anzeigte.

Sie wurde zu Doktor Gerlach gerufen. Im allgemeinen hegte der Ordinarius viele Sympathien für Bärbel, aber heute hielt er es für seine Pflicht, dem jungen Mädchen ernsthafte Vorhaltungen wegen seines Betragens zu machen.

„Bitte, entschuldigen Sie, Herr Doktor," sagte Bärbel schuldbewußt, „ich wollte nicht lachen, aber – es ging nicht anders."

„Du siehst also ein, daß du dich recht töricht betragen hast?"

„Ich sehe es ganz gewiß ein, Herr Doktor."

„Du solltest deinen Mitschülerinnen mit gutem Beispiel vorangehen."

Bärbel schwieg. Das war doch zuviel von ihr verlangt.

„Ich hoffe, daß du dich in Zukunft Herrn Doktor Hering gegenüber tadellos betragen wirst. Ich müßte sonst einen Vermerk in das Zeugnis bringen."

Bärbel war froh, so glimpflich davongekommen zu sein. Sie beschloß, sich zu bessern, aber Doktor Hering wirkte eben gar zu komisch. Es würde gewiß noch eine Weile dauern, ehe sie sich an seinen Anblick gewöhnte. Warum er nur so polterte?

Auf dem Nachhausewege sprachen die Mädchen ausschließlich von dem neuen Studienrat, der seinen Spitznamen bereits bekommen hatte und von diesem Tage an für sämtliche Klassen nur Doktor Rollmops hieß.

Daheim wurde natürlich alles erzählt.

„Ach, Großchen, du müßtest den Rollmops sehen! Wenn du Gardinen aufzumachen hast, brauchst du keinen Tapezierer; der reicht bis an die Decke. Dann hat er mit dem Halse hin und her gewackelt, – es war zum Totschießen!"

Frau Lindberg versuchte ihrer Enkelin klar zu machen, daß sich Doktor Hering wahrscheinlich selbst nicht ganz wohl fühle in seiner langen Gestalt. Aber davon wollte Bärbel nichts wissen.

„Weißt du, Großchen," sagte sie eindringlich, „dieser Mensch ist derart von sich eingenommen, das hört man schon an seiner Sprache, daß er überhaupt keinen anderen neben sich duldet. Er brüllt uns an, als ob wir dumme Jungen wären. Wir hassen ihn alle. Er täte besser, wenn er mit der Obertertia Fühlung nähme und sich nicht wie ein pädagogischer Diktator aufspielte. So etwas braucht man sich in heutiger Zeit nicht gefallen zu lassen. Und wenn man außerdem noch den Spitznamen Doktor Rollmops führt, muß man jungen Damen gegenüber doch sehr vorsichtig sein."

„Nun, wie junge Damen habt ihr euch heute eigentlich nicht benommen, Bärbel, besonders du nicht, mein liebes Kind."

„Ich konnte wahrhaftig nichts dafür, Großchen, ich habe all meine Energie zusammengenommen, – aber es ging nicht mehr. Wenn Armin Rabes mitten in einer Trauerszene den Doktor Rollmops sehen würde, wäre es auch um ihn geschehen. – Selbst Mortimer würde lachend in den Tod gehen, wenn plötzlich Doktor Rollmops auf der Bühne erschiene."

Am Nachmittage desselben Tages gab es für Bärbel eine neue Überraschung. Ganz unerwartet hatte sich Tante Agnes mit Onkel Otto angemeldet.

Onkel Otto! Was rief dieser Name doch für Erinnerungen in Bärbel wach? Als kaum sechsjähriges Mädchen war sie bei der Großmutter zu Besuch gewesen, damals hatte sie Onkel Otto kennengelernt, der einen so gewaltigen Eindruck auf das Kind gemacht hatte. Die Eltern hatten es oft lachend erzählt, daß Bärbel durchaus darauf gewartet habe, ob dem Onkel nicht endlich der Bauch platzen würde. Onkel Otto hatte dann Tante Agnes geheiratet, die Schwester von Bärbels Mutter.

Seitdem Bärbel wieder als Tertianerin im Hause der Großmutter weilte, hatte sie mit Onkel Otto Freundschaft geschlossen. Bei jedesmaligem Besuch brachte der Onkel dem niedlichen Backfisch ein hübsches Geschenk mit. Da er selbst keine Kinder hatte, war seine ganze Liebe auf die goldlockige Nichte gefallen, und als Studienrat, der an einem Gymnasium tätig war, fand er sich immer bereit, Goldköpfchen einen guten Rat bezüglich der Schulaufgaben zu geben.

Frau Lindberg mußte oftmals dazwischentreten, um einem weiteren Verzuge vorzubeugen.

So war es ganz selbstverständlich, daß sich Bärbel auch heute wieder über alle Maßen freute, als man ihr mitteilte, sie möge zum Kaffeetrinken kommen, denn Onkel und Tante seien bereits anwesend.

Mit hellem Jauchzen sprang sie dem Studienrat in die Arme.

„Na, endlich bist du mal wieder da, ich habe rasende Sehnsucht nach dir gehabt."

„Ich auch nach dir, Goldköpfchen."

„Du bist gar nicht wie ein Lehrer, Onkel, du bist viel netter. Warum kannst du dich denn nicht an unser Gymnasium versetzen lassen?"

„Weil ich lieber mit Knaben arbeite als mit jungen Mädchen."

„Das verstehe ich nicht, lieber Onkel. Wir alle würden dich rasend anschwärmen."

„Schwärmt ihr mal lieber den Armin Rabes an. Paß mal auf, Goldköpfchen, hier habe ich was für dich!"

„Oh!"

Doktor Wendt öffnete die Brieftasche und entnahm ihr eine Karte.

„Für Sonnabend abend die ›Räuber‹ mit Armin Rabes."

„Mit dem Göttlichen!"

„Jawohl. – Wir nehmen dich mit."

„Onkel, – süßer, – einziger, – herrlicher – – geliebter Onkel!"

„Puh – Mädel, laß los, du zerdrückst mir ja die Hemdbrust."

„Mit Armin Rabes! – Ach, Onkel, warte nur ab, wenn der losbrüllt: ›Menschen, Menschen, falsche, heuchlerische Krokodilenbrut!‹ Es wird schauerlich schön sein!"

Bärbel begann zu schwärmen. Immer wieder wollte sie von Onkel Otto hören, ob jener auch so begeistert für den Schauspieler sei.

Da mengte sich Frau Lindberg ein.

„Bärbel hat eigentlich solch eine Belohnung nicht verdient. Sie ist heute erst vom Ordinarius getadelt worden."

„Nanu, Goldköpfchen."

„Ach, Onkel Otto, du hättest auch gelacht, wenn du den Rollmops gesehen hättest. Wie kann man uns solch einen Lehrer auftischen! – Bis an die Decke reicht er, kein Lot Fleisch hat er auf den Knochen! Ach, nein, der hätte niemals den Lehrstuhl besteigen dürfen."

„Ach ja, richtig, ihr sollt ja Doktor Hering als Vertretung bekommen."

„Wir haben ihn bekommen, bester Onkel! – Den Mann müßtest du sehen!"

„Ich kenne den armen Kerl recht genau. Der junge Mann ist so schüchtern, daß – –"

„Schüchtern," rief Bärbel stürmisch, „der und schüchtern? Nein, Onkel, er ist ein Tyrann! Er pulvert wie ein Maschinengewehr. Dann meinst du einen anderen Hering, lieber Onkel."

„Kein Gedanke, Goldköpfchen, ich meine den langen, dünnen Doktor Hering, der erst kürzlich sein letztes Examen gemacht hat. Er ist blond, nicht wahr?"

„Ja, und hat wässrige Heringsaugen."

„Laß den armen Kerl nur in Ruhe. Dem ist es sicherlich nicht leicht geworden, bei euch zu unterrichten. Der hat gewiß mehr Respekt vor euch als ihr vor ihm."

„Du irrst, lieber Onkel, – der schnauzt – –"

„Doch nur, um seine Verlegenheit zu verbergen, Goldköpfchen."

„Um – seine – Verlegenheit – –?"

„Nun höre mich einmal an, mein liebes Goldköpfchen, so geht es gar vielen von uns Lehrern. Da kommt man von der Universität, fühlt sich selbst noch recht unsicher, und dann wird man in eine Schule gesteckt, in der viele Dutzend neugierige Augen auf einem ruhen. Und wenn man nun gar noch äußerlich ein so wenig schöner Mensch ist, fühlt man sich doppelt beengt, zumal dann, wenn niedliche und vorlaute Backfischchen vor einem sitzen. Da wird der Hals trocken, die Kehle rauh, und man schreit die jungen Dinger an, weil man sonst gar keinen Laut hervorzubringen imstande wäre. – So geht es auch dem armen Doktor Hering, bei dessen Eintreten ihr vielleicht gelächelt habt."

„Gelacht – gebrüllt – –", sagte Goldköpfchen kleinlaut.

„Nun siehst du."

„Ich habe mich gar nicht fassen können, Onkel."

Doktor Wendt zog seine Nichte zärtlich an sich.

„Da siehst du nun, Goldköpfchen, wie dem armen Doktor Hering zumute gewesen sein muß, als er sich so ausgelacht sah. – Wäre dir das angenehm?"

„Wenn er aber doch so komisch ist?"

„Kann er etwas dafür?"

Goldköpfchen fuhr sich mit der Hand mehrfach durch die goldenen Locken.

„Dann ist es eigentlich ein Unglück für ihn, daß er ein Studienrat geworden ist. – Doktor Rollmops haben wir ihn getauft."

Jetzt lachte auch Onkel Otto. „Da siehst du nun, wie vorlaut die Backfische sind. – Wenn man dich nun Jungfer Strohkopf taufte?"

„Du meinst wirklich, daß er vor uns Angst hat?"

„Angst wohl nicht, aber er fühlt sich ein wenig unsicher."

Goldköpfchen schlug sich klatschend auf die Oberschenkel.

„Verflixt, wenn ich das jetzt in der Klasse erzähle."

„Komm einmal her, Fräulein Unbedacht. – – So, und nun schau mich einmal an. – Fändest du es gut und schön, den anderen die Schwächen deines Lehrers zu verraten, die ich dir anvertraute? Sage einmal,

Goldköpfchen, willst du wirklich das Vertrauen, das ich in dich setzte, mißbrauchen? Willst du nicht lieber dem armen Doktor Rollmops das Leben ein wenig erleichtern?“

Der Backfisch schlug die Augen zu Boden.

„Ich denke, mein Goldköpfchen verlacht von nun an den armen jungen Mann nicht mehr. Es wird sich gar schnell an den langen, dünnen Lehrer gewöhnen und bald gut Freund mit ihm werden.“

„Wenn ich aber immer das Lachen kriege, Onkel?“

„Mit fünfzehn Jahren kann man sich beherrschen, Goldköpfchen.“

„Du hast gut reden, Onkel, du bist eine gereifte Persönlichkeit, aber unsereiner lebt eben noch in der goldenen Jugendzeit. Ich will es aber versuchen.“

„Du wirst jedenfalls deiner Klasse nicht verraten, daß Doktor Rollmops so schüchtern ist.“

„Ich schwöre es dir bei dem silbernen Mond, bei den blonden Haaren meines Hauptes, das heilige Geheimnis, das du in meine Brust senktest, es bleibt darin verschlossen. Und Sonnabend abend gehen wir in die ›Räuber‹. – Ach, Onkel, du hast mich zum glückseligsten Menschen gemacht. Ich will dir nun auch etwas anvertrauen, ganz im geheimen. – Ich liebe Armin Rabes, und ich bin selig, am Sonnabend seine Stimme zu hören. – Meinst du, Onkel, daß ich schauspielerisches Talent in mir habe?“

„Keinen Funken, Goldköpfchen.“

„Das habe ich mir selbst schon gesagt,“ erwiderte sie seufzend, „der höhere Funke ist nicht auf mich gefallen, und gerade darum bewundere ich ihn so. – Kannst du das begreifen, Onkel?“

„Durchaus, Goldköpfchen.“

„Aber schön muß es doch sein, wenn ihn der Beifall umrauscht.“

„Ist es nicht ebenso schön, wenn man sich sagt, daß man in der Schule die Erste und Beste ist, und wenn alle Lehrer im Konferenzzimmer erklären: unser Goldköpfchen ist die intelligenteste und fleißigste Schülerin des ganzen Gymnasiums?“

Der blonde Kopf legte sich auf die Seite.

„So etwas werden sie nie sagen, Onkel, und dann hört man es ja auch nicht. Der Ordinarius behauptet immer, wir könnten viel mehr leisten und aufmerksamer sein. Nun, die Hauptsache ist ja aber, daß ich meinen Armin am Sonnabend höre. Ich habe fast die ganzen ›Räuber‹ auswendig gelernt.“

„Das war nun gerade nicht notwendig, Goldköpfchen.“

„O doch, Onkel, ich kann mich dann später nochmals hineinträumen in das Räuberleben. Ich kann es ja begreifen, daß der arme, verstoßene Karl eine Räuberbande gründete. Wahrhaftig, ich könnte es auch.“

„Nun, dazu wird es hoffentlich nicht kommen.“

Bärbel rollte mit den Augen und streckte die Arme weit von sich.

„Aber wenn Vaterliebe zur Megäre wird, dann fange Feuer männliche Gelassenheit, verwildere zum Tiger, sanftmütiges Lamm, und jede Faser recke sich aus zu Grimm und Verderben.“

Die Tür wurde heftig aufgerissen. Frau Lindberg stürzte ins Zimmer.

„Du lieber Himmel, was ist denn los?“

„Ach so,“ sagte Goldköpfchen, „ich habe vergessen, daß ich nicht auf der Bühne stehe. Ist schon gut, Großchen, ich habe mich wieder gefaßt.“

Frau Lindberg warf einen entsagungsvollen Blick auf den Schwiegersohn. „Aber gar zu oft geht ihr mit Goldköpfchen nicht ins Theater, nicht wahr, lieber Otto?“

„Hab' keine Sorgen, Mama, Bärbel hat neben dem Theater noch so viele andere Interessen, daß sie sich vom Rampenlicht nicht einspinnen läßt. Dazu ist sie viel zu vernünftig.“

Als Bärbel am nächsten Tage wieder in der Klasse saß, als Valeska und Gabriele davon erzählten, auf welche Weise sie Doktor Rollmops ärgern konnten, sprang das junge Mädchen plötzlich auf die Bank und rief:

„Ich habe das Wort!"

Dann folgte ein Vortrag, daß man den Doktor Rollmops doch lieber in Ruhe lassen wolle.

„Seine Länge flößt uns jungen Damen Mitleid ein. Ein übermäßig lang geratener Mann fühlt sich in seiner Haut niemals glücklich. Suchen wir uns einen anderen aus!"

„Kein Gedanke," rief Valeska. „Mit wem willst du es denn riskieren, Bärbel? Etwa mit dem Direx?"

„Mit dem? – Nein – –", erwiderte Goldköpfchen, und all der Respekt, den sie vor dem Direktor hatte, lag in den wenigen Worten.

„Etwa mit dem Ordinarius?"

„Der Rollmops kommt dran," erklärte Gabriele Langen, „ich habe mir auch schon etwas Feines ausgedacht."

Nun wurde der Plan entwickelt. Morgen war die Geschichtsstunde gerade nach der großen Pause. Die halbe Klasse sollte draußen bleiben. Einer nach dem anderen wollte ins Zimmer kommen und erstaunt zu Doktor Rollmops sagen: bitte, entschuldigen Sie, ich wußte nicht, daß der Unterricht bereits begonnen hat.

„Beim ersten und zweiten wird er noch nichts wittern," meinte Gabriele lachend, „aber wenn der Sechste und Siebente kommt – – Kinder, das wird herrlich!"

Bärbel fielen die Worte des Onkels schwer aufs Herz. Wenn Doktor Rollmops wirklich so schüchtern war, wie der Onkel Otto gesagt hatte, mußte dem Ärmsten das Herz bis in den Hals hinauf schlagen, wenn immer wieder eine der Schülerinnen kam und sich entschuldigte. Nein, das ging nicht.

„Wir wollen es lieber sein lassen. Ich finde diesen Spaß nicht schön."

„Na, höre mal, was ist denn in dich gefahren? – Du machst mit!“

„Lassen wir doch den Doktor Rollmops in Ruhe!“

Jetzt fing Edith Scheffel an zu lachen.

„Hast du dich vielleicht in ihn verknallt, Bärbel?“

„Sie ist verliebt in den Rollmops,“ echoten die anderen.

Der Zorn stieg Bärbel ins Gesicht.

„In den dreistöckigen Menschen sollte ich mich verlieben? Traut ihr mir solch einen schlechten Geschmack zu? Ich habe einen ganz anderen!“

„Wir glauben dir nicht, Bärbel, sonst würdest du mitmachen.“

„Ich bin in den Rollmops nicht verliebt!“

„Doch!“

„Nein!“

„Dann mache mit!“

„Gut,“ sagte Bärbel, indem sie das Buch, das sie eben in der Hand hielt, auf den Boden warf. „Also morgen!“

Auf dem Heimwege war ihr allerdings nicht recht wohl. Sie wollte doch Doktor Rollmops nicht ärgern. Aber vielleicht machte ihm die Sache Spaß. Sie durfte unmöglich den Verdacht auf sich sitzen lassen, daß sie in diesen Fiedelbogen verliebt war. Außerdem kränkte man den Rollmops damit nicht. Man entschuldigte sich dabei ganz höflich. Es war nur ein kleiner Scherz, den er sicherlich mit Humor aufnahm.

Der Sonnabend kam heran. Bärbel war von früh morgens an recht erregt. Heute abend ging es ja in die „Räuber“. Ach, wenn doch erst die Schulstunden vorüber wären!

Aus dem Wege zum Gymnasium sprach sie sich den Monolog des Karl nochmals vor. Es würde herrlich werden. Als sie um eine scharfe Ecke bog, rief sie ziemlich laut vor sich hin:

„Sag ihnen, mein Handwerk ist Wiedervergeltung – mein Gewerbe ist Rache!“

Die Hand, die die Büchermappe hielt, fuhr nach rechts weit aus.

Ein Schrei, Bärbel hatte mit der Tasche einem alten Herrn mitten ins Gesicht geschlagen.

„Was soll das heißen!“

Bärbel war völlig benommen. Die Worte der Entschuldigung fielen ihr im Augenblick nicht ein, nur die Worte des Räuberhauptmanns: „Rache, Rache ist mein Gewerbe.“

Als sie dann die zornigen Augen des alten Herrn sah, lief sie im Sturmschritt davon. Erst an der nächsten Straßenecke wandte sie sich nochmals um und sah, daß der alte Herr an seiner heruntergefallenen Brille putzte.

In der Pause wurde der gefaßte Plan von den Schülerinnen der Obertertia nochmals gründlich durchgesprochen. Acht junge Mädchen hatten sich gefunden, um die Entschuldigung vor Doktor Rollmops anzubringen. Bärbel wollte die Letzte sein. Sie wollte ihre Entschuldigung recht zart flöten, damit Doktor Rollmops wirklich sah, daß es sich hier nur um ein niedliches Späßchen handelte.

Die anderen Mitschülerinnen harrten gespannt der Dinge, die da kommen sollten. Doktor Hering stellte fest, daß heute viele Schülerinnen fehlten. Aber er begann doch mit dem Unterricht. Da öffnete sich die Tür, und Edith Scheffel trat als erste ein.

„Bitte, entschuldigen Sie, Herr Doktor, ich wußte nicht, daß der Unterricht bereits begonnen hat.“

„Setz dich!“ klang es barsch zurück.

Dann ging die Stunde weiter. – Wieder öffnete sich die Tür; Helene Almer kam herein.

„Bitte, entschuldigen Sie, Herr Doktor, ich wußte nicht, daß der Unterricht bereits begonnen hat.“

Doktor Hering zog die Brauen hoch und sagte noch herrischer als zuvor: „Setz dich!“

Die Dritte, die Vierte erschien. Aber als die Fünfte die gleiche Entschuldigung hervorbrachte, rückte Doktor Hering auf seinem Stuhl unruhig hin und her, während Edith Scheffel kaum das Lachen meistern konnte.

Gabriele Langen kam als Sechste.

„Bitte, entschuldigen Sie – –“

„Schon gut – setz dich!“

Wie die Stimme des Rollmopses zitterte, wie er das Buch ganz dicht an die Nase hob.

„Er wird rot,“ flüsterte Edith, „gleich wird er vor Wut platzen.“

„Wir fahren fort,“ grollte es hinter dem Buche hervor.

„Bitte, entschuldigen Sie, Herr Doktor, ich wußte nicht, daß der Unterricht bereits begonnen hat.“

Marion erhielt keine Antwort.

Die sieben Missetäter zappelten voller Ungeduld mit den Füßen. Jetzt fehlte nur noch Bärbel, die als letzte ihre Entschuldigung anbringen sollte.

„Wir kommen nun zu Numa Pompilius, dem Nachfolger des ersten römischen Königs. Nachdem Romulus – –“

Die Tür öffnete sich. Doktor Hering verstummte und fuhr wie vom Schlage gerührt herum. Er hatte geglaubt, daß nun alle Schülerinnen vollzählig wären, hatte sich mühsam wieder gefaßt. Und nun kam noch eine, gerade jene, die ihn bei seinem Antritt am meisten ausgelacht hatte.

Bärbel machte ihr süßestes Gesicht.

„Bitte, entschuldigen Sie, Herr Doktor.“

Da traf sie ein Blick aus seinen Augen, so jammervoll, so tief unglücklich, daß Bärbel für wenige Augenblicke den Faden verlor.

„Ich – – ich wußte nicht – –,“ stammelte sie.

Dann schlug sie die Augen nieder. Der arme Doktor Rollmops tat ihr jetzt furchtbar leid. Der Onkel hatte recht, er war in tiefster Seele schüchtern, denn er fühlte sich in diesem Augenblick verspottet und verlacht.

„Bitte, entschuldigen Sie,“ murmelte sie, „daß ich jetzt erst komme,“ und dann setzte sie mit einem treuherzigen Augenaufschlag hinzu: „Ich komme aber nicht wieder so spät.“

Sie sah das Zucken seiner Lippen, sie hörte das mühsam hervorgestoßene „Setz dich!“ Und während alle anderen Schülerinnen kicherten, hatte Bärbel das Gefühl, als müsse sie sich in tiefster Seele schämen.

Sie wollte heute durch doppelte Aufmerksamkeit die Scharte auswetzen. Aber da stieß sie Edith an und flüsterte: „Ich gehe heute abend auch in die „Räuber“.

Verflogen waren alle Gedanken an Romulus, Remus und Numa Pompilius, durch Goldköpfchens Gedanken zogen nur die Worte ihres Karl Moor: „Ich fühle eine Armee in meiner Faust, Tod oder Freiheit, sie sollen keinen lebendig haben!“

3. Kapitel
Von Räubern, Zigaretten und Schlagsahne

„Du darfst mir nie wieder ins Theater gehen, Bärbel, wenn du weiterhin so zerstreut bist. Auch in der Schule klagt man über dich, das geht nicht! Erst kommen die Pflichten, dann das Vergnügen. Wenn du heute deine Aufgaben nicht sehr gut erledigst, schicke ich Edith, die dich nachher besuchen will, wieder heim.“

Mit niedergeschlagenen Augen hörte Bärbel die strengen Worte der Großmutter an.

Ach, diese ahnte ja nicht, wie es in dem Herzen des jungen Mädchens tobte. Eigentlich war das Lernen ein Unsinn. Karl Moor hatte auch alles über den Haufen geworfen und war in die Wälder gegangen. Ach – Karl Moor!

Die Vorstellung der „Räuber" hatte einen gewaltigen Eindruck auf das junge Mädchen gemacht. Schluchzend war Bärbel der Großmutter am Abend um den Hals gefallen und hatte erklärt, es sei eine Ungerechtigkeit der Regierung, derart edle Leute zu verurteilen und Schurken großzuziehen. Man müsse unter solchen Verhältnissen unbedingt ein Räuberhauptmann werden, es sei das einzig Richtige, wenn sich so edle Männer, wie Karl Moor und Kosinsky, zusammenschlössen, um die Armut zu beschützen und das Edle emporzuheben.

Bärbel hatte bitterlich geweint. Plötzlich hatte sie zu Frau Lindberg gesagt:

„Sage doch wenigstens auch einmal zu mir: du weinst, Amalie! Ach, Großchen, wie er das gesagt hat, – eine Welt von Mitleid lag in diesen Worten."

„Jetzt hörst du auf zu weinen, Bärbel," hatte Frau Lindberg erwidert.

„Großchen, ich muß ihn wiedersehen, koste es mein Leben!"

„Mach dich nicht lächerlich, Bärbel. Armin Rabes ist ein Mensch wie jeder andere, den du wohl aus der Entfernung ein wenig anschwärmen darfst, doch muß das nicht zu weit gehen. Ein Schauspieler ist leicht geneigt, kleine dumme Backfischchen auszulachen."

Seufzend beugte sich Bärbel über die Schulhefte. Sie wußte, Großchen machte ernst, und gerade in den letzten Tagen war von ihr manche schlechte Arbeit abgeliefert worden. Aber Edith durfte nicht fortgeschickt werden. Mit Edith mußte sie nochmals alles durchleben. Gemeinsam wollte man von Armin schwärmen, und gerade heute konnten sie die „Räuber" mit verteilten Rollen lesen, denn Großchen ging zu Bekannten und wollte erst zum Abendessen wieder zurück sein.

So nahm sich Goldköpfchen sichtlich zusammen und bewältigte in überraschend kurzer Zeit die gestellten Aufgaben. Frau Lindberg sah sich die Hefte an und war zufrieden.

„So, Bärbel, nun magst du mit Edith schwärmen, soviel du willst. Aber bitte, nichts übertreiben!"

Edith Scheffel war gekommen, und Frau Lindberg hatte die beiden jungen Mädchen im Schutze ihrer treuen Anna zurückgelassen.

„Sie brauchen nicht ins Zimmer zu stürzen, Anna, wenn die beiden toben und schreien. Sie spielen heute Theater, und unser Bärbel macht sicher den Räuberhauptmann."

„Ich weiß schon, gnädige Frau! Bärbel hat in den letzten Tagen so viel nach Freiheit geschrien, daß ich darauf nicht mehr reinfalle."

Nun hockten die beiden Freundinnen dicht beisammen und ließen mit verzückten Blicken die gesehene Aufführung nochmals an ihrem Geiste vorüberziehen.

Plötzlich sprang Edith auf.

„Ich habe etwas Herrliches entdeckt, Bärbel."

„Von ihm?"

„Ja."

„Erzähle – schnell!"

„Du weißt doch, der dumme Junge, der Julian Winterland, verehrt mich. Und der Julian hat einen Freund, der heißt Max, und der Max wohnt in demselben Hause, in dem der Zigarrenladen ist, aus dem sich Armin Rabes seine Zigaretten holt. Nun habe ich durch den Julian den Max kennengelernt, und mit dem Max bin ich heute in dem Zigarrenladen gewesen. Wir haben dort gefragt, welche Sorte der göttliche Armin raucht. Und dann habe ich mir vom Max fünfzig Pfennige geborgt und mir zehn Zigaretten gekauft."

„Dieselben, die er raucht?" fuhr Bärbel voller Begeisterung auf.

„Ja." Edith holte eine kleine Schachtel hervor und stellte sie andachtsvoll vor Bärbel hin.

„Ihr Glücklichen, – er raucht euch, – ihr dürft zwischen seinen Lippen rutschen," sagte Bärbel verklärt.

„Wie wäre es, Bärbel, wenn wir in seligem Andenken an ihn nun auch rauchten?"

„Großchen will es nicht."

„Wir tun es doch nur für ihn – es soll eine Art Rauchopfer sein, das wir ihm in Dankbarkeit bringen."

„Ja, das wollen wir tun. Wir wollen uns in seinen Karl versenken und dabei rauchen."

Es dauerte auch nicht lange, da qualmten die beiden Backfische eine Zigarette nach der anderen. Und dabei nahmen sie sich die „Räuber" vor und lasen mit lauter Stimme alle die herrlichen Stellen, die Karl Moor gesprochen hatte. Bärbel suchte besonders jene Szenen heraus, in denen Karl Moor raste und tobte. Alles, was die anderen sagten, wurde einfach überschlagen.

„Weißt du, ich hasse den Franz, ich könnte ihm etwas antun, dieser Kanaille!"

„Er ist aber auch sehr nett."

„Nein, ich liebe nur Armin Rabes," erklärte Bärbel, „ich will von Benno Lehmann nichts wissen. Wie kann ein Schauspieler überhaupt Lehmann heißen. Er sollte sich dann schon lieber Lemano oder Lemanius nennen. Wie ganz anders klingt dagegen Armin Rabes."

„Ja, du hast recht," pflichtete Edith der Freundin bei, „Rabes klingt genau so wie Erhabenes."

„Seit er mich angelächelt hat, habe ich niemals wieder Interesse für einen anderen Mann. Ich weiß, ich werde unbemannt sterben, ich werde nie eine Ehe schließen können, weil mein Sinnen und Trachten nur bei Armin ist. Seine Augen werden wohl nicht auf mich fallen."

„Grete Morres hat mir erzählt, daß sie einmal an einen Schauspieler geschrieben hat. Dann ist er gekommen. Ob wir das auch versuchen?"

Es erfolgte eine lange Beratung.

„Ich wüßte schon einen Weg," meinte Bärbel, „wie wir seine Bekanntschaft machen könnten, aber er ist kostspielig."

„Wie denn?"

„Da wir nun wissen, was er für Zigaretten raucht, könnten wir ihm vielleicht zwei Schachteln zuschicken. Wir schreiben unsere Namen und unsere Adresse dazu, dann müßte er sich doch bedanken. Vielleicht können wir auch etwas dichten."

„Am ersten Dezember bekomme ich wieder Taschengeld."

„Ich auch," sagte Bärbel kleinlaut, „aber ich habe bei Großchen schon Vorschuß, und dann möchte ich auch mal wieder auf den Olymp gehen."

„Es gibt doch aber noch billigere Zigaretten. Wir brauchen ja nicht die teure Sorte, das Stück zu fünf Pfennige, zu nehmen."

„Nein," rief Bärbel entrüstet. „In seinen Mund gehört nur Qualitätsware! Lieber rupfe ich mich nackt und bloß. Aber seine teure Marke muß er haben. – Ich will mal an Vati schreiben, vielleicht schickt er mir einen Taler extra."

„Das machen wir gleich, Bärbel."

So wurde eine Brief an den Apothekenbesitzer Wagner nach Dillstadt gerichtet, der allerdings nicht genau erkennen ließ, für welchen Zweck Bärbel den Taler so dringend brauchte. Goldköpfchen hatte listig erklärt, sie würde es dem Vater zu Weihnachten sagen, wenn sie nach Hause käme. Dann neigte man sich wieder über das Buch, und aufs neue begannen die beiden Mädchen um die Wette zu brüllen.

Endlich erschien Anna.

„Du liebe Zeit, die ganze Stube voller Rauch! Was wird die gnädige Frau dazu sagen! Du sollst doch nicht rauchen, Bärbel."

„Riecht man es wirklich so sehr?“

„Na, die gnädige Frau wird Augen machen.“

„So machen wir rasch die Fenster auf.“

Die Fenster wurden geöffnet. Anna zog sich entrüstet zurück, aber der Rauch wollte doch nicht völlig weichen.

„Wirst du wirklich ausgescholten?“ fragte Edith.

„Nun – ja,“ sagte Goldköpfchen kleinlaut, „ich habe eben wieder mal über die Stränge geschlagen.“

„Was machen wir da?“

Goldköpfchen legte nachdenklich die Hand an die Stirn, dann sprang es auf. „Hurra, ich hab's!“ Weg war sie.

Eine Minute später kam Bärbel mit dem Staubsauger ins Zimmer. „Paß auf, Edith, der saugt alles weg. Das haben wir schon mal gemacht, als wir Benzin vergossen hatten.“

Der Staubsauger wurde angestellt, wieder erschien Anna, aber lachend ging sie davon, als sie das listige Manöver durchschaute.

Als Frau Lindberg am Abend heimkam, roch sie aber doch noch den Rauch. Sie winkte ihre Enkelin heran.

„Nun, Kind, was habt ihr denn heute angestellt?“

Bärbel kniff das rechte Auge zu und blickte mißtrauisch auf die Großmama.

„Die ›Räuber‹ gelesen und uns in Armin Rabes versenkt.“

„Hast du deiner Freundin auch etwas vorgesetzt?“

„An leibliche Genüsse haben wir nicht gedacht, Großchen. Was brauchen wir zu essen und zu trinken, wenn wir die göttliche Kunst haben.“

„Aber geraucht habt ihr?“

„Ja.“

„Sollst du das?“

„Großchen, es war eigentlich kein Zigarettenrauchen, – es war etwas ganz anderes. Setze dich mal zu mir, ich will dir das erklären.“

„Ich glaube, Goldköpfchen, hier bedarf es keiner Erklärung.“

„O ja, Großchen, es waren die Zigaretten, die Armin Rabes raucht, teure Zigaretten, fünf Pfennige ein Stück. Edith hat sie mit schweren Opfern errungen. Da haben wir gedacht, wir sind es seiner Kunst schuldig, – wir haben ihm zuliebe geraucht, wir haben ihm das Rauchopfer gebracht.“

„Ihr seid beide recht verdrehte Mädel. – Wenn Armin Rabes ins Wasser springt, braucht ihr ihm doch nicht nachzuspringen. Du weißt, mein liebes Kind, ich sehe es nicht gern, wenn du rauchst, und ich möchte in Zukunft bitten, daß du es mit deinen fünfzehn Jahren noch läßt. Eßt Schokolade, das ist für euch weit gesünder als dieser Unsinn. Nicht wahr, du gibst dem Großchen recht?“

„Sei mir nicht böse, Großchen, aber so ganz recht hast du diesmal nicht. Trotzdem verspreche ich dir, daß die nächste Versuchung an mir vorübergehen wird.“

So war der Frieden zwischen Großmutter und Enkelin wieder hergestellt. – – –

Drei Tage später erhielt Goldköpfchen vom Vater nicht nur die gewünschten drei Mark, sondern einen Fünfmarkschein, mit dem Bemerken, daß Herr Wagner sich ja denken könne, wozu seine Tochter jetzt vor Weihnachten das Geld brauche. Sie solle sparsam damit umgehen und bei ihrer Heimkehr Bericht darüber erstatten.

Bärbel strahlte vor Glück. Fünf Mark hatte sie für den geliebten Armin Rabes. Jetzt war die Bekanntschaft gesichert. Er würde sich nicht so reich beschenken lassen, ohne die Spenderinnen zu belohnen.

Nun galt es, Kriegsrat abzuhalten. Die anderen Mitschülerinnen brauchten nichts zu wissen; nur Edith Scheffel nahm teil an allen Plänen. Wie würden alle vor Neid platzen, wenn Bärbel von Armin Rabes gegrüßt wurde. Wie wunderschön mußte es sein, wenn er ihretwegen das Haupt entblößte, wenn er seine Augen über die Backfische gleiten ließ, in Freude und Dankbarkeit.

„Fünf Mark sind zehn Schachteln Zigaretten," sagte Bärbel.

„Wollen wir nicht lieber etwas Schokolade beipacken?"

„Oder eine Büchse Ananas? Der Kaufmann drüben hat sie schon für eine Mark und zehn Pfennige."

„Die Auswahl ist schwer," erklärte Edith. „Ob wir erst einmal heimlich anfragen lassen, welche Leidenschaften er hat?"

Stundenlang wurde beraten, und endlich entschloß man sich doch für Zigaretten und Schokolade. Dazu sollte ein Gedicht gelegt werden, das die Bitte einschloß, ein einziges Mal den Künstler zu sehen und zu sprechen.

Zigaretten und Schokolade waren längst gekauft, nur das Gedicht wollte nicht gelingen. Bärbel trug sich mit dem Gedanken, Gerhard Wiese zu bitten, irgendwo etwas abzuschreiben. Aber da kam sie bei Edith sehr schlecht an.

„Wozu sollen wir einen so dummen Jungen in unser Geheimnis einweihen? Abschreiben können wir allein. Deine Großmutti hat doch sicherlich Gedichtbücher da."

„Ja, wir wollen mal suchen, ob irgendwo etwas paßt."

Bärbel schleppte Schiller, Goethe, Heine, Uhland und Chamisso herbei.

„Wir wollen suchen."

Krampfhaft blätterten die beiden jungen Mädchen. Nichts wollte so recht passen, bis Bärbel plötzlich vor Begeisterung aufschrie:

„Ich habe was! – Amalia heißt es! – Höre zu:

> Schön wie Engel von Walhallas Wonne,
> Schön vor allen Jünglingen war er,
> Himmlisch mild sein Blick wie Maiensonne,
> Rückgestrahlt vom blauen Spiegelmeer.

Seine Küsse, paradiesisch Fühlen,
Wie zwei Flammen sich ergreifen, wie
Harfentöne ineinanderspielen
Zu der himmelvollen Harmonie."

„Das ist ja ganz schön," sagte Edith, „aber es steht doch nichts von Zigaretten und einem Wiedersehen darin."

„So machen wir noch einen Vers dazu, und wenn der auch nicht so schön ausfällt, – – wenn nur der Anfang recht poetisch klingt."

„Also, dichten wir!"

Nach einer vollen Stunde war der Vers endlich beendet.

„Unsere Seelen dampfen dir entgegen,
Diese Spende, sie sei dir genehm,
Tritt entgegen uns, auf unseren Wegen,
Denn wir flehen um ein Wiedersehn."

„Eigentlich reimt es sich nicht ganz," sagte Edith.

„Ach was, das merkt er nicht. Mir brummt der Kopf, wir schicken es so ab."

Alles wurde niedlich eingepackt, mit roten Seidenbändchen umwunden; dann gingen die beiden jungen Mädchen gemeinsam zur Post und gaben das Päckchen am Schalter ab.

„Wird es aber bestimmt noch heute expediert? Es ist von größter Wichtigkeit?"

Der Schalterbeamte lächelte. Er hatte die Adresse gelesen und ahnte, daß zwei Backfischchen dem vergötterten Armin Rabes ein Geschenk machen wollten.

„Natürlich wird es heute noch expediert," sagte der freundliche Sekretär, „morgen früh, mit der ersten Post hat er es."

„Oh," hauchte Bärbel erfreut, „können Sie uns nicht genau die Minute sagen, in der das Päckchen bestellt wird?"

„Zwischen acht und neun Uhr."

„Danke sehr."

Sie gingen davon.

„Weißt du, Edith, ich werden morgen im Französisch nicht viel leisten, ich werde immerfort nur an ihn denken müssen. – Zwischen acht und neun Uhr bekommt er das Päckchen. Ob er wohl sehr glücklich darüber sein wird?"

„Aber gewiß, – überglücklich!"

„Ob er uns ein Wiedersehen ermöglicht?"

„Er ist doch ein feiner Mann, er wird sich bestimmt bedanken."

„Ach, daß er es doch täte!" – –

So unaufmerksam wie heute war Bärbel Wagner in der Schule noch nie gewesen. Doktor Gerlach, der Ordinarius, fand tadelnde Worte für seine Schülerin. Bärbel senkte nur ergeben den Kopf und flüsterte Edith zu:

„Ich leide gern für ihn. – – Ob er es schon hat?"

Drei Tage vergingen in schwebender Pein. Bärbel war schon ganz niedergeschlagen.

„Die schönen fünf Mark," klagte sie, „er hat unser Geschenk angenommen und nicht recht beachtet. Wenn ich heute nochmals fünf Mark hätte, ich schickte ihm gewiß nichts."

„Ich gehe nie wieder ins Theater, wenn er spielt," sagte Edith.

„Man müßte ihm schreiben, was sich schickt."

„Ja, ja, Schauspieler sind mitunter ganz gewöhnliche Menschen."

„Da spielt er nun heute einen Prinzen, also einen ganz vornehmen Mann, und dabei bedankt er sich nicht einmal für solch ein fürstliches

Geschenk. Ach, Edith, ich habe richtige Herzschmerzen, wenn ich an diese große Enttäuschung denke."

In der Tat war Bärbel durch diese Undankbarkeit des Angebeteten recht niedergeschlagen. Die fünf Mark, die sie zwecklos geopfert hatte, schmerzten sie. Was würde der Vati dazu sagen, wenn sie ihm alles erzählte? Sie hätte eine viel schönere Handarbeit für die Mutti kaufen können, als das geschehen war. Nun paffte dieser gräßliche Armin Rabes die Zigaretten in die Luft, die andere mit so großen Opfern erstanden hatten.

Als Bärbel am heutigen Tage heimkam und ins Eßzimmer trat, hielt ihr die Großmutter einen Brief entgegen.

Bärbel sah den großen, eleganten Umschlag, erblickte eine steile Männerhandschrift – – der Herzschlag setzte ihr aus.

Verstohlen äugte Frau Lindberg zu der Enkelin hinüber, dann machte sie sich am Büfett zu schaffen. Nun erst riß Bärbel das Schreiben auf. Ein einziger Blick glitt über die Unterschrift hinweg: Armin Rabes.

„Großchen – –!"

Frau Lindberg wandte sich um, sie erblickte ein freudig glänzendes Antlitz, dann lag Bärbel an ihrem Halse.

„Er! – – er! – – er!"

Stammelnd berichtete das junge Mädchen, was man sich erdacht hatte, und lächelnd hörte Frau Lindberg zu. Wozu sollte sie jetzt noch Vorwürfe machen? Sie wußte selbst, daß man in der Jugend etwas zum Anschwärmen brauchte, nur ging Bärbel ein wenig zu weit, daß sie für den Schauspieler auch noch Geld opferte.

Mit zitternder Stimme las Bärbel die wenigen Zeilen.

> „Meine sehr verehrten jungen Damen! Für den schmackhaften Gruß verbindlichsten Dank! Ich bitte meine beiden Freundinnen am Sonntagnachmittag, vier Uhr, in der

Konditorei von König zu sein, um mich persönlich bedanken zu können.

Mit freundlichen Grüßen
Armin Rabes."

Bärbel aß am heutigen Mittag kaum etwas. Röte und Blässe wechselten auf dem frischen Mädchengesicht. Gleich nach dem Essen wollte sie zu Edith eilen und litt Höllenqualen, daß sie es nicht sogleich ausführen durfte.

Aber schließlich kam der ersehnte Augenblick, daß sie der Freundin die herrliche Überraschung mitteilen konnte.

„Ich kann es nicht fassen, nicht glauben, mich hat ein Traum beglückt," rief Bärbel immer wieder, „ach, daß es doch erst Sonntag wäre! Ich glaube, ich sinke vor Verlegenheit in die Erde."

„Und alle Umsitzenden werden uns sehen – er wird auf uns zukommen. Kennst du die Konditorei König?"

„Nein."

Da ging man davon, um die Konditorei zu suchen. Sie befand sich in einer Nebenstraße, war nicht besonders elegant. In dem kleinen Zimmerchen standen nur sechs Tische.

„Ach," sagte Bärbel geringschätzig, „er hätte uns doch in ein eleganteres Café bestellen können."

„Du bist ja dumm," tadelte Edith. „Er will uns ungestört sprechen. Von keinem sollen wir belauscht werden, wer weiß, was er uns zu gestehen hat."

Diese Aussichten söhnten Bärbel sofort wieder aus. Dann versanken die jungen Mädchen in die schönsten Träumereien, sie dachten an Handkuß, ein neues Wiedersehen, an Freikarten, vielleicht schenkte er jeder eine Blume. – Ach, es würde herrlich sein! –

Endlich kam der Sonntag heran. Frau Lindberg hatte ihre liebe Not mit der Enkelin. Während sich Bärbel sonst die Mütze rasch auf die goldenen Locken drückte, wollte heute der Hut nicht recht sitzen.

„Ich finde, der Hut macht mich alt, Großchen. – Ist das Kleid auch nicht zu lang? – Oh, am Absatz ist ja noch ein Schmutzfleck. Großchen, habe ich nicht seit der vorigen Woche viel dickere Hüften bekommen?"

Diese Fragen nahmen kein Ende, und schließlich mußte Frau Lindberg drängen: „Beeile dich, Bärbel, sonst muß er zu lange warten."

Dann erschien Edith. Auch sie hatte sich heute besonders festlich gekleidet.

„Mir zittert das Herz," sagte Bärbel, „ob er schon da ist?"

Punkt vier Uhr betraten die beiden Mädchen das kleine Café. Nur ein alter Herr saß an einem der Tische und las die Zeitung. Sie wählten die hinterste Ecke. Man fragte sie, ob sie etwas genießen wollten; die beiden jungen Mädchen erklärten, sie müßten noch etwas warten, der Herr, der sie eingeladen habe, käme noch.

Die Herzen der Backfische schlugen von Minute zu Minute stürmischer. Man hörte Bärbels schweres Atmen.

Dann öffnete sich die Tür, er, Armin Rabes, erschien, schaute eine Sekunde umher und steuerte dann geradeswegs auf die beiden jungen Mädchen zu.

„Er ist's," hauchte Bärbel.

„Guten Tag, meine verehrten Damen, habe ich die Freude, die liebenswürdigen Spenderinnen vor mir zu sehen?"

„Ja."

„Ich danke Ihnen recht herzlich, aber ich bitte Sie dringend, machen Sie sich in Zukunft nicht solche Ausgaben. Es reißt ein zu großes Loch ins Taschengeld."

„Oh – –"

„Haben die Damen schon etwas bestellt?“

„Wir warteten.“

„Natürlich Schlagsahne, nicht wahr, die essen junge Damen am liebsten.“

„Wenn wir darum bitten dürften.“

„Und Torte? – Haben Sie eine bestimmte Sorte?“

„Uns würde alles herrlich schmecken,“ hauchte Bärbel.

Rabes ging für einige Augenblicke nach vorn. Die beiden Backfischchen sagten kein Wort, sie schauten sich nur verklärt in die Augen.

Dann kehrte Armin Rabes zu den beiden zurück. Sie warteten nun darauf, wohin er sich setzen würde. Wer würde Siegerin sein? An wessen Seite nahm er Platz?

Da kam auch schon der Kuchen und der Kaffee.

„Nun lassen Sie sich alles recht gut munden, meine Damen; ich habe mich gefreut, Sie hier zu treffen. Sie entschuldigen mich wohl, denn ich habe noch eine eilige Verabredung. Und recht guten Appetit!“

Er streckte beide Hände aus, drückte den jungen Mädchen die Rechte, dann ging er freundlich nickend davon.

In stummem Schweigen schauten ihm beide nach. Endlich unterbrach Bärbel die beängstigende Stille.

„Er ist weg!“

„Das finde ich stark!“

„Und dafür haben wir fünf Mark geopfert.“

Wieder Schweigen. Dann plötzlich begann Bärbel mit größter Eile die Torte zu verzehren.

„Ich vertilge sein Andenken.“

„Wir müssen keinen Eindruck auf ihn gemacht haben, sonst wäre er geblieben.“

„Wir sind ja dumm, Edith, er hat ganz andere, mit denen er spazieren geht und Kuchen ißt, dem sind wir ja viel zu kindisch. – Meinetwegen. Ich werde mich doch wieder an Hans Herwig halten, der liebt treuer. Ach, und dann müßte ich ja auch mal dem Herrn Wendelin schreiben. Er hat mir schon drei Karten geschickt. – Weißt du, das ist ein Freund meines Bruders, der mit ihm studiert."

„Was kümmert mich dein Bruder und sein Freund? – Ich bin so unglücklich."

Edith schob den Teller mit der Torte weit von sich.

„Willst du nicht?" fragte Bärbel.

„Nein, ich kann nicht essen."

„Dann esse ich es. Es wäre doch schade, wenn es stehen bliebe. Er hat es ja bezahlt. – Ist ihm ganz recht, wir haben auch für ihn Geld ausgegeben, und er ist noch billiger weggekommen als wir."

„Wie kannst du nur so gefaßt sein, Bärbel?"

„Ich will dir einen Vers sagen, Edith, den mußt du beherzigen:

Wenn auch das Herz vor Sehnsucht bricht,
Mein süßer Freund, ich komme nicht,
Ich bin aus festem, starkem Holz,
Es sagte Nein mein Mädchenstolz.

Dieses Gedicht hat mich einst vor einem tiefen Fall bewahrt. Nehmen wir also auch heute unseren Mädchenstolz zu Hilfe und vergessen wir den anderen."

„Na, dann gib mir meine Torte."

„Ach – die habe ich ja fast aufgegessen."

„Du bist 'ne nette Freundin."

„Wenn dir doch das Herz bricht und du nicht essen kannst?"

„Na, dann wollen wir lieber fortgehen. Aber dieses Lokal betrete ich nicht mehr."

„Nein," pflichtete Bärbel ihr bei, „denn hier sind wieder einmal unsere Hoffnungen zerbrochen."

4. Kapitel
Weihnachtsvorbereitungen

Herr Apothekenbesitzer Wagner stellte drei Flaschen Portwein vor seine Gattin hin, die eifrig damit beschäftigt war, Pakete zu packen.

„Hast du daran genug, Erna?"

„Jawohl, eine Flasche für die kranke alte Anna, die andere für den armen Fischer, und die dritte bekommt die leidende Schwester des Briefträgers."

Frau Wagner war schon wieder damit beschäftigt, ein neues Paket zusammenzuschnüren, lächelnd schaute ihr der Gatte dabei zu.

„Wirst du denn mit all deinen vielen Weihnachtsvorbereitungen fertig werden, kleine Frau?"

„Hoffentlich, – mir schwirrt allerdings der Kopf, wenn ich daran denke, was noch alles zu erledigen ist. Heute nachmittag kommt Joachim mit seinem Freunde Wendelin. – Hast du denn für Herrn Wendelin die Zigaretten besorgt?"

„Sie werden im Laufe des Tages hergebracht."

„Morgen mittag kommt Bärbel. Ich muß für das Kind heute nachmittag noch rasch die Briefbogen mit Monogramm abholen. Sie sind erst gegen sechs Uhr fertig. Ich bin aber trotz aller Arbeit so unendlich glücklich, endlich wieder alle meine vier Kinder um mich zu haben."

„Es sind fünf. Herr Wendelin ist doch auch dabei."

„Er ist immer so dankbar. Er, der kein Elternhaus mehr hat, soll dieses Jahr bei uns ein recht schönes Weihnachtsfest verleben. Ich kann ihm gar nicht genug danken wegen des prachtvollen Einflusses, den er auf unseren Joachim ausübt."

„Hast recht, liebe Erna. Joachim würde im nächsten Jahre niemals ins Examen gestiegen sein, wenn ihn Herr Wendelin nicht in den Fingern gehabt hätte."

Das Gespräch wurde durch lautes Geschrei unterbrochen, das aus zwei Knabenkehlen stammte. Die beiden Zwillinge, Martin und Kuno, waren sich wieder einmal in die Haare geraten.

„Du kriegst eins mit dem Schlagring!"

„Ach, – du Verbrecher!"

„Nieder mit dir!"

Noch einige laute Schreie, dann entschwand der Lärm.

Apothekenbesitzer Wagner hatte sich lachend in einen Stuhl fallen lassen.

„Unser Kuno wird mit seinen Weihnachtsgaben nicht zufrieden sein, weil wir ihm alles, was auf seinem Wunschzettel stand, gestrichen haben."

Sorgenvoll schaute Frau Wagner auf.

„Woher hat der Junge nur diese tollen Gedanken?"

Der Apothekenbesitzer zog aus der Tasche mehrere Zettel hervor, und wieder lachte er.

„Wunschzettel eures treuen Sohnes Kuno, genannt Sherlock Holmes," las er. „Ein Schlagring, einen dicken Totschläger, einen sechsläufigen Revolver, genannt Browning, ein dolchartiges Messer, das nicht zusammenklappt, wenn man damit sticht, eine Blendlaterne, Schuhe mit glatten Gummisohlen, sogenannte Schleichschuhe, einen Schattenanzug aus schwarzem Trikot, viele Süßigkeiten."

„Es ist doch schrecklich, derartige Wünsche niederzuschreiben," sagte Frau Wagner sorgenvoll.

„Das ist alles gar nicht so schlimm. Der Junge wird von diesen Mordgedanken bald abkommen, wenn er, ebenso wie Martin, seine Indianerausrüstung bekommt."

„Aber er hat uns schon gar manchen tollen Streich geliefert."

„Das haben Joachim und Bärbel auch getan. Mach' dir nur des Jungen wegen keine Sorgen, Erna. Zum Glück schlummert in allen unseren Kindern so viel Gutes, daß die überspannten Ideen, die ein jeder von ihnen hat, keine tiefen Wurzeln schlagen werden. Denken wir doch an unsere Jugend zurück. Lieber Himmel, was war ich für ein Bursche, und schließlich hast du doch einen ganz brauchbaren Mann bekommen, liebes Weib."

Während Herr und Frau Wagner nun die letzten Vorbereitungen zum Weihnachtsfeste trafen, hatten die beiden Zwillinge bereits wieder Frieden geschlossen und standen jetzt in der Küche, um den Schokoladenbrei zu kochen. Sie hatten es durchgesetzt, daß sie aus Marzipanmasse Ringe, Würste und Brezeln formen durften, hatten den Marzipanteig so lange auf Tischen und Kommoden ausgerollt, bis die weiße Masse dunkelgrau geworden war. Als die Mutter erklärt hatte, daß man sich vor solch schmutzigen Marzipansachen ekle, war Martin auf den Gedanken gekommen, das graue Marzipan mit schwarzer Schokoladenmasse zu überziehen. So wurde jetzt in der Küche diese Masse gekocht, um die Marzipansachen wieder ansehnlich zu machen.

Die Köchin war etwas ungehalten darüber, daß die Schokoladenmasse nun schon zum dritten Male umgeschüttet wurde, weil sie bereits zweimal kräftig angebrannt war.

„Mir braucht ihr von eurem Naschwerk nichts anzubieten," sagte sie, „pfui Teufel, das sieht ja ganz fürchterlich aus!"

Martin war eben dabei, eine der grauen Marzipanwürste auf dem Küchentisch noch etwas länger auszurollen. Da brach die Wurst entzwei, und unwillkürlich versuchte Martin die beiden Stücke mit Speichel zusammenzukleben.

„Pfui, du Schmutzfink!“

Gelassen steckte Martin die beiden Teile in den Mund.

„Mir schmeckt es,“ sagte er kurz.

„Der Bärbel wird es auch schmecken,“ versicherte Kuno.

„Das glaube ich nicht,“ erwiderte die Köchin. „Bärbel ist eine feine junge Dame geworden.“

Die beiden Knaben brachen in wieherndes Gelächter aus und riefen:

„Bärbel eine Dame! Du bist ja ganz meschugge, Emma.“

„Wollt ihr euch nicht erst einmal die Hände waschen, Jungens, ehe ihr weiterkocht? – Pfui, Martin, an dir klebt ja die dicke Tinte.“

Martin wischte sich hastig die Finger an der Jacke ab; dann begann das Eintauchen der Marzipansachen in den heißen Schokoladenbrei. Das war keine leichte Arbeit, zumal sich Martin dabei einige Male die Finger verbrannte und die süßen Stücke hastig auf die Erde fallen ließ. Dann aber legten die Knaben all die tropfenden Würste auf den soeben sauber gescheuerten Küchentisch. Emma, die mit einer anderen Arbeit beschäftigt war, sah das Unheil erst, als der Tisch bereits bis zur Hälfte belegt war.

„Nun aber hinaus, ihr schrecklichen Bengel, und euren Kram nehmt mit, sonst werfe ich alles auf die Erde!“

Da holte Kuno eine Zeitung, und da hinein wurde das tropfende Marzipan gewickelt.

„Wir machen es bei uns wieder auseinander,“ entschied Kuno. Darauf zogen sich die beiden Knaben in ihr gemeinsames Zimmer zurück.

Gegen Abend kamen die beiden Studenten an. Apothekenbesitzer Wagner holte seinen Sohn und dessen Freund persönlich von der Bahn ab. Er hatte seine helle Freude an den gut aussehenden jungen Männern, die beide in dem Gedanken, das Fest hier verleben zu können, recht beglückt waren.

Besonders aus den Augen Harald Wendelins strahlte das Glück. Er, der schon seit Jahren kein Elternhaus hatte, der ein richtiges Weihnachtsfest kaum kannte, war Wagners aus tiefstem Herzen dafür dankbar, daß er die Ferienzeit wieder hier in Dillstadt verleben durfte. Wie froh und geborgen fühlte er sich im Kreise dieser fröhlichen Familie, wie viele nette Stunden hatte er schon damals hier verbracht.

Man sprach von dem bevorstehenden Examen. Joachim wie auch Harald hatten sich dem Maschinenbaufach zugewandt und wollten im Frühling ihren Diplomingenieur machen.

„Ist Fräulein Bärbel auch schon eingetroffen?“

„Nein, unser Bärbel kommt erst morgen. Aber sie ist noch ein Kind, Herr Wendelin, bitte, schenken Sie sich die förmliche Anrede und nennen Sie unser Goldköpfchen einfach beim Vornamen.“

Harald Wendelin wurde von den Zwillingen gar bald mit Beschlag belegt. Kuno besonders wollte wissen, ob er schon einmal überfallen worden sei, ob er sich gegen Einbrecher verteidigen könne, und ob es wohl richtig sei, wenn man den ersten Angreifer k. o. boxe und den zweiten niederschösse.

„Vielleicht könnte man auch in jede Hand eine Pistole nehmen und alle der Reihe nach niederknallen. – Wie würden Sie es machen?“

„Ich würde mich gar nicht zu solchem Raubgesindel begeben.“

„Das kann aber sehr schnell einmal kommen. Mein Freund hat mir erzählt, daß auch in unserer Gegend eine Verbrecherbande umgehen soll. Eines Tages hat man es auf die Apotheke abgesehen, weil man weiß, daß in der Apotheke Werte sind. – Wenn ich erst meinen Schlagring habe, brauchen alle nichts mehr zu fürchten.“

„Du bist ja ein gefährlicher Bursche geworden, Kuno.“

„Ich bin nur auf der Hut, – ich kann jetzt schon den ganzen Korridor entlangschleichen, ohne daß jemand etwas merkt. Und einen Schlüssel kann ich auch schon geräuschlos umdrehen. Wenn ich erst meinen Schattenanzug habe, mache ich mal einen Versuch beim Uhrmacher. Ich schleiche mich lautlos in seinen Laden, tue so, als ob ich eine goldene Uhr klaue, und dann schlage ich Alarm."

„Ich würde dir raten, das bleiben zu lassen, lieber Kuno."

„Ich will doch mal ein berühmter Detektiv werden. Je eher man mit dem Lernen beginnt, um so besser. – O, Sie werden schon in einigen Jahren von mir hören, Herr Wendelin."

Aber auch Martin wollte von dem jungen Ingenieur allerhand wissen. Ob er schon in Wäldern gewesen wäre, wo Indianer lebten, und ob er zu skalpieren verstände.

So verging der erste Abend sehr angeregt. Herr und Frau Wagner hatten Mühe, ihr Lachen zu unterdrücken, wenn die Zwillinge ihre grausigen Pläne enthüllten und von ihrer Zukunft sprachen. Der eine wollte ein berühmter Indianerhäuptling werden, der andere ein bekannter und gesuchter Detektiv.

Am 23. Dezember war man fast noch aufgeregter. Heute sollte Bärbel heimkommen, und auf die Schwester freuten sich die Zwillinge ungemein.

„Mit der ist ein Ding zu drehen," meinte Kuno, „die hat Mumm in den Knochen. Da werden wir schon 'ne Geschichte schmeißen. – Ich plane Großes!" –

Frau Wagner und die beiden Knaben holten Bärbel von der Bahn ab. Goldköpfchen hatte sich zwar vorgenommen, die junge Dame zu spielen, um auf die beiden jüngeren Geschwister einen recht guten Eindruck zu machen. Aber als der Zug in Dillstadt einfuhr, als sie die Ihrigen so erwartungsvoll auf dem Bahnhofe sah, als Martin und Kuno sogar noch neben dem rollenden Wagen einhertrabten, war alle Würde vergessen. Die grüne Schülermütze wurde vom Kopf gerissen und den Brüdern mit einem lauten Jubelrufe zugeschleudert.

Sie war die erste, die aus dem Zuge sprang, sie riß die Mutter fast um. Es war eine stürmische Begrüßung, die nun folgte, durch jedes Wort klang der Jubel der Mädchenseele, wieder daheim zu sein.

„Gibt es in Dresden auch Verbrecherbanden, Bärbel?"

Bärbel hatte dafür zunächst noch keine Erwiderung, sie mußte erst ihrem Herzen Luft machen, und immer wieder klang es von ihren Lippen:

„Au fein, daß ich wieder zu Hause bin!"

Über alles hatte sie Freude; über die kahle Linde am Markt, über den alten Bretterzaun an der Ecke der Friedrichstraße, über das holprige Pflaster Dillstadts, sie begrüßte ein paar Hunde; und immer wieder jubelte sie: „Mutti, Mutti, Dillstadt ist doch die schönste Stadt der Welt!"

Der Apothekenbesitzer erwartete seine Tochter vor dem Hause. Als man um die Straßenecke bog, lief die junge Dame mit ausgebreiteten Armen die letzten fünfzehn Meter dem wartenden Vater entgegen.

„Vati – Vati – –"

Herr Wagner schloß sein zurückgekehrtes Goldköpfchen zärtlich in die Arme und küßte das Kind auf die frischen, roten Lippen.

„Wie schön, mein Kleines, daß wir dich nun wiederhaben!"

„Sechzehn Tage bleibe ich hier. Ach, sechzehn herrliche Tage!"

Dann kamen auch Joachim und schließlich Harald Wendelin. Als er das zierliche junge Mädchen erblickte, wollte ihm doch im ersten Augenblick die vertrauliche Anrede nicht recht über die Lippen kommen. Bärbels große, blaue Augen schauten forschend auf den Studenten, der sich vor ihr verneigte.

„Willkommen, mein gnädiges Fräulein!"

Bärbel fühlte einen wohligen Schauer über den Körper rieseln. Zum ersten Male in ihrem Leben hatte sie ein Mann „gnädiges Fräulein" genannt. Wie war es nur möglich, daß sie sich bisher aus Harald Wendelin gar nichts gemacht hatte? Er war doch eigentlich ein entzückender Mensch.

„Seien Sie mir auch willkommen," sagte sie ein wenig geziert und reichte ihm drei Finger der rechten Hand.

„Das gibt es nicht, mein lieber Herr Wendelin," warf Herr Wagner dazwischen. „Sie gehören in unser Haus, und unser Goldköpfchen ist für Sie das Bärbel, weiter nichts."

Bärbel wandte den Kopf dem Vater zu, ein vorwurfsvoller Blick traf ihn.

„Ja, ja, man wächst heran," sagte sie, „noch eine ganz kurze Zeit, dann muß man ans Heiraten denken. – Aus Kindern werden Leute."

„Also dann – – Bärbel, liebes Bärbel," sagte Harald Wendelin warm.

„Hm."

Eigentlich war doch der Harald Wendelin gar nicht so nett, wie das zuerst den Anschein gehabt hatte.

„Sie könnten mich vielleicht auch Barbara nennen. So nennen mich unsere Doktoren, und Doktor Hering legt immer einen ganz besonderen Ton in dieses Wort."

„Ich finde Bärbel viel passender," erwiderte der Student.

„Nun, wie Sie wollen," erwiderte Bärbel, sich kurz abwendend.

Dann saß sie mit den Zwillingen in ihrem Zimmer und packte aus. Die beiden Knaben hockten um ihren Koffer herum und wollten durchaus wissen, ob sie auch von der Schwester beschenkt würden. Goldköpfchen nickte mit blitzenden Augen.

„Du kriegst was Feines, Kuno. – Mach' mal die Augen zu, dann zeige ich es dem Martin."

Kuno tat es, blinzelte aber neugierig nach dem verheißenen Geschenk.

Bärbel holte ein kleines Büchlein hervor. Es war ziemlich abgegriffen.

„Ich habe es alt gekauft," flüsterte sie Martin zu, „denn neu kostet die Kriminalgeschichte zwanzig Pfennig. Ich habe es für zehn Pfennige von meinem Freunde Hans Herwig bekommen. – Fabelhaft interessant. Der Meisterdetektiv bringt siebzehn Verbrecher um."

„Au – fein," rief Kuno, „gib her, das lese ich gleich!"

Er hatte längst die Augen wieder geöffnet und griff nach dem Hefte. Goldköpfchen versteckte es rasch auf dem Rücken.

„Du weißt von nichts," sagte sie kategorisch.

„Und was kriege ich?" fragte Martin.

„Noch was Feineres!"

Martin wurde in den Schrank gesperrt, dann zeigte Goldköpfchen dem anderen Zwilling einen Federstutz.

„Den hat mir Ediths Mutter geschenkt. Sie hat ihn früher mal auf dem Hut getragen. Der Martin kann ihn als Skalp gebrauchen."

„Interessiert mich gar nicht," meinte Kuno verächtlich, „gib mir lieber das Buch. – Wie heißt es denn?"

„Der rote Faden."

Trotz allen Bittens war Goldköpfchen doch nicht zu bewegen, dem Bruder schon heute das Buch zu geben.

„Bärbel, ich schenke dir auch ganz was Feines, wenn du mir heute schon das Buch borgst. Zu schenken brauchst du es mir ja erst morgen."

„Was gibst du mir?"

„'ne Spritze."

„Was?"

„Komm mal mit!"

Vergessen war der im Schrank eingeschlossene Martin. Kuno zog die Schwester hinüber ins Knabenzimmer. Er holte seinen Mantel hervor und griff in die Tasche. Ein Paket Bindfaden, einige Blechstücke, einige Knöpfe, ein Taschenmesser, eine Garnrolle, Bilder aus Zigarettenschachteln und zwei leere Kästchen kamen daraus zum Vorschein.

„Also in der anderen Tasche," sagte Kuno und stopfte seine Schätze schnell wieder hinein.

Dann hielt er das Corpus delicti in der Hand.

„Du – Bärbel, – das kleine Aas macht für 'nen Taler Spaß! Ich habe es vom Richard bekommen. Dessen Vater ist Zahnklempner. Wenn du Wasser hineinfüllst und die Spritze durchs Schlüsselloch steckst, ist das ein famoser Witz. Wir haben die Emma schon immerzu damit geärgert. Auch in der Schule gut zu gebrauchen."

„Fein," jauchzte Bärbel und dachte im ersten Augenblick an Harald Wendelin, dem sie mit dieser Spritze in frühester Morgenstunde eine kleine Dusche geben wollte.

„Ich werde dir zeigen, wie man es macht," sagte Kuno wichtig.

Mit recht unschuldigen Gesichtern strichen die beiden im Korridor entlang. Kuno entfernte geräuschlos den Schlüssel aus dem Schlosse der Küchentür, die mit Wasser gefüllte Spritze wurde hineingeschoben, und nun warteten die beiden, bis Emma in der Schußlinie war.

S-s-s-st!

Von innen ein leiser Schrei, denn der feine Strahl war Emma mitten ins Gesicht gegangen. Und während sich Kuno trotz seines schnellen Laufens geräuschlos entfernte, vernahm man doch Bärbels Schritte, die dem Bruder eiligst folgte.

Die Küchentür wurde hastig geöffnet.

„Du bist es, Bärbel! – Na, von dir hätte ich auch was anderes erwartet! So ein Unsinn, und das will 'ne junge Dame sein!"

Lachend lief Bärbel davon. Ja, diese Spritze, das war eine Errungenschaft, die mußte sie haben. Damit konnte man auch in Dresden fabelhafte Erfolge erzielen.

Da Herr und Frau Wagner noch immer stark beschäftigt waren, blieb sich das junge Volk allein überlassen. Bärbel fiel es schwer aufs Herz, daß sie noch einige kleine Besorgungen zu machen hatte. Sie wollte daher die Abendstunde dazu benutzen, noch rasch einzukaufen. Von dem ihr gesandten Reisegeld war noch eine Mark übriggeblieben, die konnte für Weihnachtsgeschenke ausgegeben werden.

Im Flur hingen Mantel und Mütze; eiligst kleidete sie sich an und ging davon. Natürlich traf sie sogleich alte Bekannte. Dem Herrn Bürgermeister gegenüber gab sie sich als artige junge Dame, und als sie Frau Doktor Meiring mit deren halberwachsenem Sohne traf, spielte sie sich ganz erwachsen auf. Wieder wurde sie als gnädiges Fräulein angeredet, und das machte sie furchtbar stolz.

Dann ging es ans Einkaufen. Bärbel erstand drei Meter hellblaues Bändchen, wanderte aber durch das ganze Lager, um jedem Verkäufer, der sie anredete, zu sagen:

„Noch einen Augenblick, ich bin mit der Wahl noch nicht fertig."

Es war zu herrlich, von allen als Dame behandelt zu werden.

Als sie endlich den Laden verließ, lief sie in der Tür beinahe mit Frau Heidenreich zusammen.

„Ach, das ist ja das kleine Bärbel aus der Apotheke!"

„Ich bin erst gestern aus Dresden gekommen."

Frau Heidenreich plauderte einige Augenblicke mit dem jungen Mädchen, dann sagte sie lächelnd:

„Da kannst du mir gleich einen Gefallen erweisen, Bärbel. Ich habe draußen den Kinderwagen stehen und möchte meine kleine Enkelin nicht ohne Aufsicht lassen. Du bist wohl so gut und fährst die Kleine die wenigen Augenblicke auf und ab, bis ich meine Einkäufe erledigt habe."

Bärbel war starr vor Entrüstung.

„Gnädige Frau, ich – – bin sehr eilig!"

„Es dauert gar nicht lange, Bärbel. Siehst du, hier ist der kleine Schreihals. – Ach je, nun weint die Kleine schon wieder; fahre sie auf und ab, Bärbel. – Aber paß gut auf, sie ist unruhig und könnte aus dem Wagen stürzen."

Nochmals lächelte Frau Heidenreich dem jungen Mädchen zu, dann war sie im Innern des Ladens verschwunden.

Bärbel schoß einen grimmigen Blick auf das schreiende Baby. Gerade hier, an der belebtesten Ecke, sollte sie Kindermädchen spielen. Wenn man sie sah, was sollten sich die vorübergehenden Herren nur denken! – Solch eine Zumutung!

Das Kleine schrie jämmerlich.

„Natürlich bist du naß," brüllte Bärbel den Schreihals an, „aber ich denke nicht daran, dich vor aller Welt trockenzulegen, du Ferkel, – das mag deine Großmutter daheim besorgen."

Sie stieß den Kinderwagen hastig vor sich her, zog ihn wieder zurück und rief dabei grimmig:

„Jetzt bist du endlich still, du Schreihals!"

Aber das Kleine schrie weiter.

Bärbel wagte kaum, die Augen aufzuschlagen, aber das alles half nichts, die Vorübergehenden erkannten sie doch; und um das Unglück voll zu machen, kam nun gar noch Anita Schleifer mit ihrer Mutter daher.

Bärbel wurde glühend rot. Anita Schleifer war bis zum vorigen Jahre ihre Mitschülerin gewesen. Besonders Anita hatte stets so verächtlich auf alle die herabgesehen, die irgendeine Dienstleistung taten. Sie war die Tochter des reichen Holzhändlers Schleifer, und Bärbel erinnerte sich noch sehr genau an Anitas letzten Geburtstag, bei dem es freilich furchtbar langweilig gewesen war, aber immerhin hatte ihr die elegante Aufmachung bei Schleifers sehr imponiert.

Was mußte Anita denken, wenn sie sie neben dem Kinderwagen sah und Babys betreuen?

Sie merkte Anitas spöttischen Blick, sie hörte auch deren Worte:

„Das ist doch Bärbel Wagner. Ist sie denn hier in Stellung gegangen?"

Bärbel kochte. Sie wandte Anita und Frau Schleifer den Rücken zu und stierte auf die Tür des Geschäftshauses, ob denn noch immer nicht Frau Heidenreich erschiene.

Endlich kam sie. Sie trug mehrere große Pakete in der Hand; ein Angestellter brachte einen Mülleimer hinter ihr her.

„Wir hätten Ihnen doch gern die Waren ins Haus geschickt, gnädige Frau."

„Danke, danke, ich brauche die Sachen sofort, und ich habe hier eine freundliche Helferin, die mir die Pakete gewiß gern heimträgt."

Bärbel vernahm diese Worte, sie hatte im ersten Augenblick die Absicht, im Sturmschritt das Weite zu suchen. Aber schon fühlte sie Frau Heidenreichs behandschuhte Rechte.

„Ich danke dir herzlich, liebes Bärbel. Und nun hilfst du mir auch noch, die Einkäufe heimzutragen. Der Weg ist ja nicht weit. Hier, nimm den Mülleimer, wir packen noch einiges hinein, dann geht es prachtvoll. Den Wagen schiebe ich mir lieber allein."

Grenzenloser Aufruhr herrschte in Bärbels Seele. Man hatte sie zweimal „gnädiges Fräulein" genannt, und jetzt lief sie mit einem Mülleimer durch Dillstadt. Am liebsten hätte sie geweint.

„Die Eltern lassen sich derartige Sachen immer schicken," preßte sie hervor, „dem Kaufmann macht das keine Mühe. In Dresden wird auch alles ins Haus geschickt."

„Die Leute haben zur Weihnachtszeit zu viel zu tun, Bärbel. Außerdem brauche ich den Mülleimer sofort. Er ist ja nicht schwer."

Bärbel Wagner ging wahrhaftig neben dem Kinderwagen einher, in der Rechten den Mülleimer tragend. So mußte es Johann Huß zumute gewesen sein, als er zum Scheiterhaufen schritt. Aber sie kochte, sie schwur Frau Heidenreich Rache.

Endlich, endlich kam das Haus in Sicht. Bärbel beschleunigte die Schritte, damit sie möglichst rasch die Ecke erreiche.

Plötzlich durchfuhr sie ein grenzenloser Schreck. Dort drüben kamen ihr zwei junge Herren entgegen: Joachim und Harald Wendelin.

Wohin jetzt mit dem Mülleimer?

„So – nun sind wir daheim, mein liebes Bärbel. Nochmals vielen herzlichen Dank für die freundliche Hilfe; grüße die Eltern und – –"

Das weitere vernahm Bärbel nicht mehr. Sie sah, wie zwei junge Herren sie grüßten, sie fühlte fliegende Hitze im Antlitz, sie stellte polternd den Eimer zu Boden, und ohne sich von Frau Heidenreich zu verabschieden, stürmte sie davon.

„Bärbel – Bärbel!"

Erst an der nächsten Straßenecke machte sie halt, dann wurde sie von den beiden Studenten eingeholt.

„Warum laufen Sie uns denn davon?" fragte Harald Wendelin lächelnd.

„Sie brauchen mich gar nicht zu schonen," herrschte das junge Mädchen den Ahnungslosen an, „ich weiß, was Sie sagen wollen."

„Was hast du denn, Bärbel?"

„Wozu denn die Komödie? Ihr habt es doch alle beide gesehen. – Es ist unerhört!"

„Wir haben gar nichts gesehen, Bärbel."

Sie atmete tief auf. „Nun ja, als wohlerzogene Studenten schuldet man einer jungen Dame Rücksichten. – Lassen wir also Gras über den Mülleimer wachsen. – Aber eigentlich ist es empörend!"

Harald Wendelin warf seinem Freunde einen belustigten Blick zu. Wohl hatten beide Bärbel mit dem Mülleimer erblickt, aber daß sich das junge Mädchen dadurch so degradiert vorkam, war keinem von ihnen in den Sinn gekommen. Warum sollte man nicht in der Weihnachtszeit mit Paketen beladen durch die Stadt laufen?

Als man sich endlich der Apotheke näherte, blieb Bärbel plötzlich stehen.

„Wo ist denn mein Band?"

Erregt begann sie in allen Taschen zu suchen, aber das kleine Päckchen mit dem blauen Band war verschwunden.

„Es wird im Mülleimer liegen," sagte sie zornig, „aber ich gehe nicht mehr zurück, sonst muß ich ihr am Ende noch den Müll heruntertragen. – Nun, so geht es ohne das Band."

Die beiden Studenten belustigten sich außerordentlich über das temperamentvolle junge Mädchen, aber sie hüteten sich wohl, Bärbel zu necken.

Man kam gerade zum Abendessen zurecht.

„Beeile dich," sagte Emma zu Bärbel, „es hat schon zu Tisch geläutet."

Die Familie Wagner war um den Eßtisch versammelt, nur Martin fehlte.

„Klingeln Sie doch noch einmal," sagte Frau Wagner.

Im Flur ertönte die Glocke; aber auch jetzt ließ sich Martin nicht sehen.

„Diese Verspätungen liebe ich nicht," sagte der Hausherr. „Wahrscheinlich ist der Junge ausgegangen und kann wieder nicht zur rechten Zeit heimfinden."

Man aß heute absichtlich etwas langsamer, weil man immer noch auf den fehlenden Zwilling wartete. – Endlich erhob man sich, Herr Wagner gab den Auftrag, das Essen abzuräumen.

„Der Junge bekommt heute nichts mehr. Jetzt wollen wir alle hinübergehen und das Konfekt für den Weihnachtsbaum an Faden binden und die Nüsse vergolden. Morgen früh dürft ihr dann den Baum anputzen."

Groß und Klein war begeistert. Diese Weihnachtsvorbereitungen waren doch das Allerschönste.

So saß man nun wieder um den großen Tisch, nur Frau Wagner wurde jetzt von Minute zu Minute unruhiger. – Wo steckte der Martin? Sie ging ins Schlafzimmer der Kinder, der Knabe war nicht dort. Sie telephonierte bei Bekannten an, bei denen Martin häufig weilte; aber auch hier wußte niemand etwas von ihm.

Kurz vor zehn Uhr wurde alles zusammengepackt.

„Kuno geht nun zu Bett, und auch Bärbel wird müde sein."

„Wenn doch der Martin nicht da ist?" Alle Gedanken Kunos waren auf das morgige Weihnachtsfest gerichtet, sonst hätte es ihm einfallen müssen, daß der arme Bruder in Bärbels Schrank eingeschlossen war.

Aber auch Bärbel erinnerte sich der flüchtigen Episode nicht. Sie ging hinauf in ihr Zimmer, kleidete sich aus und schlüpfte ins Bett.

Kaum hatte sie die Decke über die Ohren gezogen, als sie plötzlich ein Poltern und Hämmern vernahm.

Entsetzt sprang sie auf, lief ins Nebenzimmer, das Schlafzimmer der Eltern. Es war leer. Sie stürmte weiter.

„Kuno – – Kuno!"

Schlaftrunken fuhr der Knabe auf.

„Kuno – Kuno, – eine Räuberhorde geht bei mir um!"

Für wenige Sekunden saßen die beiden Geschwister zitternd zusammen. Dann stürzte Kuno nach der Kommode, nahm daraus ein Stück Gummischlauch, holte sein Taschenmesser hervor und sagte feierlich:

„Nu los!"

Als man im Zimmer der Eltern wieder ankam, hörten die beiden plötzlich eine jammervoll klingende Stimme, erneutes Hämmern und Schreien. – – Da blickten sich Bruder und Schwester in die Augen.

„Martin!"

„Im Schrank!"

Da saß nun der arme Junge. Eine ganze Weile hatte er gerufen und geklopft, schließlich war er ermüdet eingeschlafen und jetzt erst wieder erwacht.

Als Bärbel die Tür öffnete, hagelte es Püffe und Schläge.

„Dumme Trine, – dämlicher Idiot!"

Über Martins Gesicht strömten die Tränen, trotzdem ging er mit geballten Fäusten auf Kuno los. Es gab eine regelrechte Schlägerei. Beide Knaben wälzten sich am Boden, Stühle wurden gerückt, bis schließlich Frau Wagner, die von dem Lärm herbeigerufen wurde, von unten heraufgeeilt kam und das Knäuel am Boden sah.

Es war ein sonderbarer Anblick. Kuno im Nachthemd, Bärbel danebenstehend, bald den einen, bald den anderen der Brüder mit Wasser bespritzend, dazu der zerraufte und verschlafene Martin.

Frau Wagner, die überglücklich war, ihren Jüngsten endlich wiederzuhaben, hatte zwar ernste Vorwürfe für Bärbel und Kuno, aber sie fühlte sich doch grenzenlos erleichtert, denn sie hatte sich schon die schrecklichsten Gedanken gemacht, und alle Freude auf das morgige Weihnachtsfest war in ihr erloschen gewesen.

„Sie ist eben eine Gans," sagte Martin immer wieder. „Wenn sie in Dresden nichts anderes lernt als Vergeßlichkeit, soll sie mir gestohlen bleiben."

Eine halbe Stunde später lagen die Wagnerschen Kinder wieder friedlich in ihren Betten.

„Ätsch," sagte Martin vor dem Einschlafen zu Kuno, „ich habe eine Marzipankartoffel bekommen, und du nicht."

„Ich krieg den Schlagring, der ist mir viel lieber."

5. Kapitel
Allerlei vom W und vom Weh

Das Weihnachtsfest war verrauscht, aber seine Nachklänge lagen noch über dem Wagnerschen Hause. Noch immer stand der geschmückte Weihnachtsbaum in der Mitte des großen Zimmers, noch immer waren die Gabentische aufgebaut, zu denen die Kinder eilten, um bald dieses, bald jenes Geschenk einer neuen Würdigung zu unterziehen.

Selbst Kuno hatte sich mit seinem Gabentische abgefunden. Anfangs hatte er freilich seine Enttäuschung nicht völlig verbergen können, nur der Zigarrenabschneider, in Form eines Brownings, hatte ihn befriedigt. Mit diesem Browning bedrohte er alltäglich Emma, die Köchin, und Wanda, das langjährige Stubenmädchen, die, als Kuno zum ersten Male vor sie hintrat, die wahnsinnigsten Schreie ausgestoßen hatte und durch ihr Gebrüll: „Mord – Mord!“ die Nachbarschaft alarmierte.

Jetzt liefen die Zwillinge beständig als Indianer durch das Haus, sie belästigten sogar die Spaziergänger, so daß von mürrischen Dillstädtern allerlei Beschwerden in der Apotheke einliefen.

Einer der Beglücktesten war Harald Wendelin. Die in Liebe gebotenen Geschenke waren es nicht, die dem jungen Studenten solch eine Wärme ins Herz strömen ließen, es war die ganze Umgebung, die herzliche Güte, die er in diesem Hause empfing, die ihn in den Tagen seines Hierseins zum wunschlos Glücklichen machten. Niemand im Wagnerschen Hause bereute es, den jungen angehenden Ingenieur eingeladen zu haben, denn jeden wußte er auf seine Art zu erfreuen. Er war ein sehr angenehmer Gesellschafter, Bärbel ließ sich von ihm, der so vortrefflich Klavier spielte, alle neuen Tänze und Lieder vorspielen, Harald Wendelin mußte sie so oft wiederholen, bis Bärbel alle genau kannte. Sie war durchaus damit zufrieden, daß ihr Harald die übermütigen und lustigen Sachen eindrillte.

Aber nicht nur Schlager durfte er spielen, immer wieder brachte sie den Liederzyklus „Frauenliebe und Leben“ herbei und fand, daß jedes dieser Lieder auf einen anderen ihrer Freunde paßte. Goldköpfchen hatte zu Weihnachten verschiedene Briefe und Karten bekommen und war sehr stolz auf dieses Gedenken der jungen Herren. Sogar Karl Schilling, der einstige Eleve des Gutes Körtenau, hatte ihrer gedacht. Er schrieb ihr, daß er hoffe, bald eine Stelle als zweiter Inspektor zu finden, und daß er nach wie vor in zärtlicher Sehnsucht an Bärbel denke.

Dann war ein zweiter Brief gekommen von Gerhard Wiese aus Dresden. Er hatte auch diesmal wieder ein Gedicht beigelegt und ehrenwörtlich versichert, daß diese Zeilen aus seiner Brust stammten. Er schwur bei seiner Verehrung für Bärbel, daß er den Vers nicht abgeschrieben habe.

Bärbel las das kurze Gedicht mehrfach durch.

„Es kann schon sein, daß es von ihm stammt, es klingt nicht so schön wie die anderen Gedichte. Aber zur Sicherheit will ich doch Herrn Wendelin fragen, der ja auch so viele Gedichte kennt."

Sie suchte den Studenten auf.

„Ich habe ein Anliegen an Sie, Herr Wendelin. Ich quäle mich da mit einem Gedicht herum, das mir zufällig in den Sinn kommt. Ich weiß aber nicht genau, ob es von Heine, Schiller oder gar von Longfellow ist. Vielleicht können Sie mir helfen."

„Ich will's versuchen, Bärbel, aber ich kenne leider recht wenig Gedichte."

„Es wird sicherlich wieder von Heine sein. – Also, hören Sie:

Nun ist das Weihnachtsfest endlich vorüber,
Nur einer, Holden, gelten meine Gedanken und Lieder,
Sie hat mich zwar ein Weilchen nicht mehr angeblickt,
Doch noch immer bin ich von ihr entzückt!
Sie ist meine holde Weihnachtsfee,
Oh, wäre ich in ihrer Näh'. – –"

„Nun, von Heine ist das Gedicht wohl nicht," lächelte Wendelin, „auch Schiller hat derartiges nicht gedichtet."

„Könnte es vielleicht von einem zukünftigen Autor sein?"

„Nun, vielleicht von einem Gymnasiasten."

„Richtig," sagte Bärbel strahlend, „Sie sind doch sehr klug, Herr Wendelin. – Ob dieser Mann wohl eine große Zukunft vor sich hat?"

„Vielleicht, wenn er das Dichten läßt!"

„So meinen Sie, daß es wertlos ist?“

„Wenn es Ihnen Freude gemacht hat, liebes Bärbel, so hat das Gedicht seinen Zweck erfüllt.“

„Also schön ist es nicht? Ich glaube, man wird sich den Namen Gerhard Wiese merken müssen. Es ist jedenfalls sehr nett von ihm, daß er mir geschrieben hat.“

Für den Silvesterabend hatten Herr und Frau Wagner beschlossen, der Jugend eine kleine Festlichkeit zu geben. Da man zwei Studenten im Hause hatte, und da Joachim in Dillstadt auch noch einige Freunde besaß, war in der Apotheke ein Tanzvergnügen vorgesehen worden, zu dem man auch Bärbels einstige Schulfreundinnen geladen hatte.

Unter dem jungen Volke herrschte natürlich große Aufregung, und besonders Maria Koch, Bärbels einstige liebste Mitschülerin aus der Gregerschen Schule, kam alltäglich auf einen Augenblick ins Wagnersche Haus, um in aller Heimlichkeit zu berichten, was sie sich für ein Maskenkleid nähe, denn man war überein gekommen, aus dem Tanzvergnügen ein Maskenfest zu machen.

„Eigentlich wollte ich als ›Königin der Nacht‹ gehen. Ich kann augenblicklich helle Farben nicht sehen, nur Schwarz, immer nur Schwarz. Ich bin nämlich unglücklich verliebt, Bärbel.“

„Du auch?“

„Ja, – mir hat es das W angetan.“

„Herr Wendelin?“

„Nein, – – – dein Bruder.“

Bärbel wurde nachdenklich. „Ich bin ja auch in ein W unglücklich verliebt, aber nicht in Herrn Wendelin. Weißt du, ich erkenne immer mehr, daß Gerhard Wiese in Dresden mein Schicksal ist.“

„Der diebische Dichter?“

„Er hat alles wieder wettgemacht, Maria. Und dann müßtest du einmal in seine treuen Hundeaugen sehen. Ach, liebe Maria, man hat doch sein Weh mit dem W."

„Dann können wir ja zusammen weinen," sagte Maria und schmiegte sich an Bärbel.

„Nun ja, – aber zuerst will ich dir mein Maskenkostüm zeigen."

„Habt ihr denn auch genügend Tänzer? Hat jede junge Dame einen Herrn?"

„Vati hat gesagt, er hilft aus, er tanzt alle jungen Damen tot. Dann kommt noch Vatis Provisor mit. Es sind nur zwei Herren zu wenig."

„Nun, dann mag es ja gehen."

„Vati hat schon überlegt, wen wir noch einladen könnten, damit bei der Polonäse jede Dame ihren Herrn hat. – Ja, wenn mein Gerhard Wiese hier wäre, – ach, es wäre zu schön! Er könnte dann den Eröffnungsprolog dichten und auch den Damentoast in Versen ausbringen."

„Schade, daß zwei Herren zu wenig sind. – Dann müssen zwei Damen zusammen tanzen. Ach, Bärbel, wenn ich nur nicht Mauerblümchen bin!"

„Kuno hat gesagt, er will aushelfen, aber Kuno ist noch ein dummer Junge. Es ist doch keine Kindergesellschaft!"

„Habt ihr denn gar niemanden mehr zum Einladen?"

„Nein, – außerdem tanzt Herr Wendelin schrecklich schlecht. Es wird sehr schlimm sein, Maria. Nun, vielleicht kommt eine Dame als Herr kostümiert."

Beim Abendessen berichtete Bärbel den Eltern von Marias Sorgen.

„Wenn wir nun schon einmal solch ein großes Fest geben, Vati, müßte doch jede Dame einen Herrn haben."

„Hexe mir ein paar junge Leute herbei, Goldköpfchen! Wo soll ich sie denn hernehmen?"

„Ja, ja,“ sagte Bärbel nachdenklich, „da sieht man wieder, daß die Statistik recht hat. Der Männermangel macht sich bis in die kleinsten Orte hinein bemerkbar. Was soll aus den vier Millionen überschüssiger Frauen nur werden?“

„Deswegen mache dir nur keine Sorgen, kleines Bärbel, unser Abend wird auch ohne diese zwei fehlenden Herren recht nett werden. Vielleicht fügt es der Zufall, daß noch ein einstiger Freund hier eintrifft. Wir haben noch vier Tage Zeit.“

Am Abend schrieb Bärbel in das Tagebuch, daß der Buchstabe „W“ ihr Schicksal sei. Sie fühle sich zwar zu Wendelin hingezogen, doch werde er ausgestochen durch Gerhard Wiese. Es sei ja gut, daß sie selbst diesen Anfangsbuchstaben trage, aber daß nun auch noch Maria Koch durch das „W“ unglücklich werde, bereite ihr Pein und Weh.

Als Maria Koch am nächsten Tage wieder in der Apotheke erschien, besprach man dieses eigenartige Zusammentreffen noch lange.

„Es ist eben mein Schicksal,“ sagte Maria, „das hat mir Kati auch gesagt.“

„Wer ist denn Kati?“

„Unser neues Mädchen. Sie kommt aus dem Polnischen und kann Karten legen.“

Die Blauaugen Bärbels wurden groß und weit.

„Hat sie sie dir gelegt, Maria?“

„Ja, – darum bin ich ja so traurig.“

„Was hat sie denn gesagt?“ Brennende Neugier klang durch Bärbels Worte.

„Kommt sich Herzensweh von die Buchstabe W, – ist kein Glück in die Haus, – in die Herz. Ist sich serr schlimm mit Fräulein Maria.“

„Ob sie mir wohl auch mal Karten legt?“

„Natürlich macht sie das,“ rief Maria Koch voller Begeisterung, „komm gleich mit, wir wollen sie fragen. Am Nachmittage hat sie am besten Zeit.“

Im Sturmschritt ging es nach dem Hause des Arztes. Frau Koch wurde von Bärbel heute nur flüchtig begrüßt, und da die beiden jungen Mädchen sehr geheimnisvoll taten, glaubte Frau Koch nichts anderes, als daß es sich hier um die letzten Vorbereitungen für den Maskenball handle. So ließ sie die beiden jungen Mädchen ruhig gewähren, die gleich den Weg in die Küche nahmen.

Hier saß das neue polnische Mädchen und putzte Silberzeug.

„Lassen Sie alles liegen, Kati," flüsterte Maria, „hier ist eine junge Dame, die von Ihnen die Karten gelegt haben will."

Kati machte zwar in ihrem gebrochenen Deutsch einige Einwendungen, die aber von Maria entkräftet wurden. Alle drei begaben sich schließlich in Katis Kammer, und dort begann das Prophezeien.

Gespannt lauschte Bärbel. – Auf dem Bett breitete Kati die Karten aus; es waren unsaubere Blätter, die von dem jungen Mädchen nur mit Widerwillen gezogen und abgehoben wurden.

„Je schmutziger, um so besser," flüsterte Maria der Freundin zu, „mit sauberen Karten ist gar nichts zu ergründen."

Dann begann das monotone Plappern.

„Serr viele Freunde, – – und hier – – der goldene Ring. Schon morgen Braut. – – Und Geld, viel Geld! – – Ein feiner, schöner Herr, – – oh, welch ein Glück! – – über den ganz kurzen Weg serr feiner Herr! – – Nicht verscherzen großes Glück – – schwarze Augen, serr, serr großes Glück!"

Dann kam der übliche Brief, eine Krankheit, eine Freude, eine Reise, aber immer wieder kam die Kati darauf zurück, daß das große Glück durch eine Bekanntschaft käme, die Bärbel in aller Kürze machen werde.

Dann rief Frau Koch nach dem Mädchen, die Karten wurden eiligst zusammengeworfen, und das Geplauder über die Zukunft hatte ein jähes Ende.

Aber für Bärbel war das Gehörte genug. Kati hielt dem jungen Mädchen nochmals schnell die Karten hin, Bärbel möge drei davon ziehen.

Sie tat es auch.

„Schöner Herr – – aber auch großes Weh, – – Glück und Geld!"

„Bärbel, du bist zu beneiden," sagte Maria seufzend, „bald wirst du ihn kennenlernen, der dein Leben ausfüllt, der dein ganzes Glück bedeutet."

„Ich schreibe es dir; sobald ich nach Dresden zurückkomme, wird er mir ja begegnen."

Ein wenig verträumt kehrte Bärbel nach Hause zurück. Sie erhielt von der Mutter den Auftrag, rasch noch in die Konditorei Michel zu springen, um dort einige Torten zu bestellen.

Bärbel eilte nach der ziemlich entfernt gelegenen Adresse. Sie richtete die Bestellungen aus, die sorgsam notiert wurden. Der ausgelegte Kuchen lockte das junge Mädchen, so ließ sich Bärbel schnell einen Windbeutel einpacken. Aber als sie ihr Geldtäschchen zog, merkte sie, daß ihr fünf Pfennige an der geforderten Summe fehlten.

„Das tut nichts, Bärbel," sagte die Inhaberin, „der fehlende Betrag kommt mit auf die Rechnung."

„Ach nein," sagte sie zögernd.

„Darf ich dem gnädigen Fräulein mit der fehlenden Summe aushelfen?"

Bärbel blickte auf. Ein schlanker Herr stand neben ihr, dessen schwarze Augen freundlich lächelnd auf dem jungen Mädchen ruhten.

„Oh – –." Bärbel war vollständig verwirrt. Eben noch hatte sie an das kommende Glück gedacht, an die Bekanntschaft, die ihr Kati vorher gesagt hatte, und schon stand solch ein schwarzäugiger Herr vor ihr.

Er legte das fehlende Geldstück vor die Konditorsfrau nieder.

„Ich danke Ihnen," flüsterte Bärbel, „der Papa wird es Ihnen zuschicken. – Vielleicht darf ich um Ihre gütige Adresse bitten."

„Es war mir eine Freude und eine Ehre, gnädiges Fräulein!"

Es fand sich dann ganz von selbst, daß der Fremde neben Bärbel dahinschritt, weil er sie heimbegleiten wollte. Er plauderte entzückend und sagte endlich:

„Nun muß ich aber das Versäumte nachholen, mein gnädiges Fräulein, – ich habe mich Ihnen noch nicht einmal vorgestellt. Mein Name ist Wolf."

„Wolf? – Mit einem ›W‹?"

„Wilhelm Wolf!"

„Ach –," ein geradezu verzückter Ausdruck trat in Bärbels Gesicht. Kati hatte recht, das große W kam an sie heran.

„Wilhelm Wolf," flüsterte sie.

„Gefällt Ihnen dieser Name?"

„Ach – – es ist nur wegen der Anfangsbuchstaben. Ich heiße nämlich Wagner. – Trifft sich das nicht reizend?"

Er fragte schließlich, ob man nicht einen kleinen Umweg machen wollte, und Bärbel gab errötend diesem Wunsche nach. Sie wurde von dem Fremden so ganz als eine Dame behandelt. Außerdem war er ohne Zweifel ein schöner Mann. Aus seiner Unterhaltung erfuhr sie sogar, daß er in Pommern große Rittergüter hatte, die er einstmals erben würde.

„Der Name Wolf ist in Pommern geradezu berühmt, – unsere Güter sind die größten in der ganzen Provinz."

„Ach, dann sind Sie natürlich auch furchtbar reich?"

„Es geht an."

„Was machen Sie denn aber in Dillstadt?"

„Ich langweile mich fürchterlich, mein gnädiges Fräulein. Eigentlich wollte ich bis Neujahr hier bleiben, aber man findet keinen Anschluß. Wenn ich täglich mit Ihnen plaudern dürfte, bliebe ich auch noch den ganzen Januar hier."

„Ich muß aber am sechsten Januar auch wieder nach Dresden zurück."

„Erst am sechsten. Könnten wir uns bis dahin nicht noch einmal wiedersehen?“

Bärbel zögerte mit der Antwort. „Sind Sie ein Tänzer?“

„Leidenschaftlicher Tänzer, – o, mit Ihnen über das Parkett zu fliegen, – mein gnädiges Fräulein, gäbe es denn für mich ein größeres Glück, als mit Ihnen zu tanzen? Ist hier in Dillstadt kein Silvesterball?“

„Bei uns – – in der Apotheke,“ sagte sie kleinlaut.

„O, die Glücklichen! Die Glücklichen, die dort tanzen dürfen, – zehn Jahre meines Lebens würde ich hingeben, dabei sein zu können.“

Er schwärmte weiter, und Bärbel wurde es immer wärmer ums Herz. Könnte das wirklich das große Glück sein, das sie nicht von der Hand weisen sollte? Durfte sie Herrn Wolf andeuten, daß er den Eltern seinen Besuch machen sollte, um zum Silvesterball mit eingeladen zu werden? Dann war noch ein Herr mehr. Der Vater hatte doch gesagt, daß er es selbst mit Freuden begrüßen würde, wenn sich noch irgendwo ein Herr einfände.

Als Wilhelm Wolf plötzlich Bärbels Hand an seine Lippen zog, war Goldköpfchens Entschluß gefaßt. Sie erzählte ihrem Begleiter von dem Fest am Silvesterabend und meinte, die Eltern würden sich gewiß sehr freuen, wenn Herr Wolf daran teilnehmen wolle. Er könnte ja morgen oder übermorgen einen Besuch bei den Eltern machen, dann wäre alles in Ordnung.

Der junge Rittergutsbesitzer versprach es begeistert. Dann trennte man sich. Bärbel wollte nicht, daß er sie bis vor das Elternhaus begleitete.

Ihr reizendes Gesichtchen glühte, als sie den Eltern von der neuen Bekanntschaft erzählte.

„Er ist der berühmteste Rittergutsbesitzer Pommerns. Ach, und schön ist er, außerdem fängt er auch mit einem W an. – Ach, Mutti, du wirst staunen, wenn du ihn siehst!“

„Was will denn der Mann hier in Dillstadt?“

„Vati, sperre dich doch nicht länger! – Vielleicht ist es das Lebensglück deiner Tochter.“

„Bist ein Närrchen, Bärbel, mit fünfzehn Jahren denkt man noch nicht an dergleichen. Außerdem glaube ich nicht, daß er sich bei uns sehen läßt.“

Aber Wilhelm Wolf kam wirklich am nächsten Tage. Er war liebenswürdig, artig, trotzdem hatte Herr Wagner das Gefühl, daß er nicht richtig handle, wenn er diesen fremden Mann, von dem er gar nichts wußte, in sein Haus einlud. Unauffällig erkundigte er sich in dem Hotel, das Wolf angegeben hatte, und erfuhr dort von dem ihm gut bekannten Inhaber, daß der junge Rittergutsbesitzer anscheinend ein sehr wohlhabender Herr sei und daß er Beziehungen zu allerersten Kreisen hätte; denn darauf deuteten die Briefschaften, die man durch Zufall gesehen habe.

Das beruhigte Wagner ein wenig, und schließlich wurde tatsächlich die Einladung zum Silvesterball ausgesprochen.

Überglücklich berichtete Bärbel ihrer Freundin Maria, was sich seit gestern ereignet habe.

„Das Glück ist mir schnurstracks über den Weg gelaufen, Maria, eure Kati hatte recht! – O, ich werde sehr glücklich mit ihm werden. Du mußt uns später auf unserem Gute besuchen. – Du wirst ja doch einmal meine Schwägerin, du heiratest Joachim, und dann seid ihr bei mir schon heute herzlich zu jedem Schweineschlachten eingeladen.“

Maria schüttelte den Kopf.

„Mir wurde großes Weh geweissagt.“

„Ach was, glaube doch nicht daran!“

„Bei dir trifft doch auch alles ein, was sie dir gesagt hat. Warum soll ich nicht an meinen Unstern glauben?“

„Wilhelm Wolf,“ flüsterte Bärbel, „ein zweifaches ›W‹.“

„Hoffentlich wird es kein zweifaches Weh!“

Bärbel umhalste die Freundin und wirbelte mit ihr durch das Zimmer.

„Glück wird es, grenzenloses Glück! Ich werde noch heute an Gerhard Wiese schreiben, daß er seine Verehrungen einstellt, und auch Herrn Wendelin werde ich zu verstehen geben, daß ich mich bereits gebunden fühle.“ – –

Silvester!

Bärbel wußte sich vor Aufregung kaum zu lassen. Sie sollte Wanda beim Räumen der Zimmer helfen, aber sie stellte sich so ungeschickt dabei an, daß Wanda häufig schelten mußte.

„Ach, Wanda,“ sagte Goldköpfchen plötzlich überglücklich, „wenn einem das Herz so voll ist wie mir, denkt man nicht an Staub und Schmutz. – Für mich kommt heute das große ›W‹.“

„Was kommt? Großes Weh, und darauf freust *du* dich?“

„Ja,“ jauchzte Bärbel, streckte den Arm mit dem Staubbesen weit von sich – – ein Klirren, die große Vase fiel herab und zerbrach.

„Die gute Vase,“ rief Wanda, „die große, schöne Vase.“

Bärbel starrte auf die Scherben, dann sagte sie tonlos:

„Die Vase, – – das große Weh ist schon da. – Ach nein, Vase schreibt sich ja mit 'nem V.“

„Was wird nur die gnädige Frau dazu sagen?“

„Da hätt' ich nun mein großes Weh – – aber es geht vorüber – Scherben bringen Glück.“

Am Abend fanden sich die Geladenen vollzählig ein. Die jungen Mädchen hatten sich in reizende Kostüme gehüllt, aber auch die jungen Herren zeigten originelle Einfälle. Joachim Wagner hatte sich mit Hilfe von Bettüchern ein Maharadscha-Kostüm zurecht gemacht, Wendelins hatte sich Frau Wagner liebevoll angenommen und ihn als Stierkämpfer herausgeputzt. Er sah zwar etwas hager aus, machte aber immerhin einen ganz guten Eindruck. Bärbels Kostüm war vielleicht das billigste. Das junge Mädchen hatte sich aus Kreppapier eine Heckenrose gearbeitet und dabei so viel Geschick gezeigt, daß selbst Frau Wagner die Talente ihrer Tochter ehrlich bewunderte. Maria kam als Krankenschwester mit einem schwarzen Häubchen, dann sah man ein Veilchen, eine Zigeunerin, eine Bäuerin; nur Anita Schleifer, die Tochter des reichen Holzhändlers, hatte sich als Marquise Pompadour in ein geradezu kostbares Gewand gehüllt.

Alle waren versammelt, nur der, der Bärbels Glück bedeutete, war noch nicht erschienen. Aber endlich kam er auch. Er trug einen feuerroten Domino.

„Rot ist die Liebe," flüsterte Bärbel ihrer Freundin Maria zu, „sieht er nicht wie ein König unter Bettlern aus?"

Aber im Laufe des Abends kam doch für Bärbel das große Weh. Der feuerrote Domino war fast immer an der Seite Anita Schleifers zu finden; er tanzte mit ihr sogar den Kotillon. Bärbel bildete sich zwar ein, daß ihr das Herz breche, aber ihr Gesichtchen strahlte doch stets erneut auf, wenn sie beständig zum Tanze aufgefordert wurde.

Wilhelm Wolf, der berühmte Gutsbesitzer aus Pommern, näherte sich natürlich auch im Laufe des Abends mehrfach Bärbel; aber sie fühlte doch heraus, daß er Anita viel mehr Interesse entgegenbrachte als ihr.

Der Abend verlief überaus fröhlich. Gegen Mitternacht goß man Blei; Maria goß Tränen, nichts als Tränen.

„Ich wußte es," sagte sie, „mich hat das Glück verlassen."

Bärbel goß sich einige Bäume.

„Du kriegst ihn doch noch," flüsterte ihr Maria zu, „hier unten, das ist eine große Wiese, und da – ist die Allee, die zu deinem Schlosse führt."

Harald Wendelin wurde wegen des Herzens, das aus der Bleimasse entstanden war, von dem Wagnerschen Ehepaar aufgezogen. Dann warfen die Anwesenden mit Apfelschalen, um daraus den Vornamen des Zukünftigen zu erfahren. Bärbel, Anita und Wendelin warfen alle drei den Buchstaben W.

Bärbel betrachtete die gelegte Apfelschale tiefsinnig.

„Heißt er nun Wiese, Wolf, oder ist's noch einer, der in der Zeiten Hintergrunde schlummert?“

„Du bleibst ledig,“ sagte Anita Schleifer ein wenig spitz. „Wenn man sich den Buchstaben des eigenen Vatersnamen wirft, bekommt man niemals einen Mann.“

„Nun wirf du doch mal!“

Anita Schleifer schleuderte geziert die Apfelschale über die linke Schulter. – Da lag ein deutliches „S“.

„Na also,“ sagte Bärbel mit teuflischer Schadenfreude, „wenn man sich den Anfangsbuchstaben seines Vatersnamen wirft, bleibt man ledig.“

„Ach, hast du 'ne Ahnung,“ entgegnete Anita ein wenig verächtlich und wandte sich an den roten Domino: „Darf ich Sie bitten, Herr Rittergutsbesitzer, mich zu den Erfrischungen zu führen.“

Um drei Uhr morgens war Schluß des Festes. Die Jugend bestürmte zwar Herrn Wagner leidenschaftlich, er möge doch noch ein Stündchen zugeben. Aber der Apothekenbesitzer erklärte mit eiserner Energie, es sei nun genug.

Beim Abschiednehmen küßte Wilhelm Wolf Bärbels beide Hände.

„Auf Wiedersehen, mein gnädiges Fräulein. Treffen wir uns morgen nachmittag wieder in der Konditorei?“

„Nein,“ sagte Bärbel, „ich habe mich bereits mit drei anderen Herren verabredet, – es mangelt mir an der Zeit.“

„Wie soll ich das ertragen?“

„Verabreden Sie sich doch mit Anita.“

„Warum tun Sie meinem Herzen so weh?“

„Das große Weh muß ein jeder erfahren, Herr Rittergutsbesitzer.“

Bärbel schlief trotz der gehabten Enttäuschung wundervoll. Beim Einschlafen dachte sie noch an die freundlichen Worte des jungen

Provisors, der mit Bärbel viel getanzt hatte und der ihr so manchen harmlosen Witz erzählt hatte.

„Er heißt zwar Mittelmann, aber er ist doch besser als die anderen Männer."

Das waren Goldköpfchens letzte Gedanken, dann schlummerte es süß und fest ein. – –

Am nächsten Morgen gab es in der Apotheke eine große Aufregung. Zuerst wurde von Herrn Schleifer geschickt und angefragt, ob man dort beim Aufräumen Anitas Brillantring gefunden hätte. Darauf stellte Apotheker Wagner fest, daß ihm aus dem Eßzimmer eine kleine, wertvolle Bronze fehlte, und schließlich schickte auch Herr Gebert, einer der geladenen Tänzer, hin, um anzufragen, ob er gestern sein Portemonnaie liegen gelassen habe.

Drei Stunden später erschien ein Kriminalbeamter, der streng vertraulich Herrn Wagner zu sprechen wünschte. Es stellte sich heraus, daß Herr Wolf ein gesuchter Hausdieb sei, der eigentlich Winkelstern hieße, und der von Ort zu Ort reise, sich in die Familien unter einem falschen Namen einführe, um dort Hausdiebstähle zu begehen.

Für Wagners war dieser Vorfall recht peinlich, zumal man den angeblichen Rittergutsbesitzer im Hotel nicht mehr erwischt hatte. Er war mit dem Frühzuge bereits aus Dillstadt abgefahren, und niemand wußte, wohin.

„Da hat uns unser Bärbel mal wieder etwas Nettes eingebrockt," sagte Frau Wagner.

„Wir dürfen Goldköpfchen keine Schuld geben, liebe Frau, wir hätten diesen uns fremden Mann nicht in unser Haus bitten dürfen, auch wenn die Erkundigungen gut waren. Ich hatte von vornherein ein Mißtrauen gegen diesen Burschen."

Man war zunächst bemüht, die Angelegenheit geheimzuhalten; aber der Hotelbesitzer, der selbst stark geschädigt worden war, trug die Sache im Ort herum, und so erfuhr auch Bärbel davon.

„Das ist stark," sagte das junge Mädchen empört, „nun wird es nichts mit dem Schweineschlachten und dem großen Glück, – nun ist doch das große Weh da. – Ja, ja, man soll nur den Karten glauben, – Schwindel ist alles! Die dumme Kati weiß gar nichts!"

Maria Koch schöpfte wieder Hoffnung, zumal sie sich heute mit Joachim Wagner in der Konditorei traf; vielleicht hatte Bärbel recht, vielleicht logen die schmutzigen Blätter. Warum sollte gerade Kati die Gabe haben, in die Zukunft zu sehen?

Am ersten Januar schrieb Goldköpfchen ins Tagebuch ein: „Glück im Unglück, – noch habe ich Gerhard Wiese den Abschiedsbrief nicht geschrieben, und ich werde es auch nicht tun. Er hat bestimmt noch keine Bronze geklaut, – er ist ein Ehrenmann! Und an Karl Schilling werde ich auch heute noch schreiben."

Dann saß sie wieder bei Harald Wendelin und ließ sich von ihm wohl zum zehnten Male „Frauenliebe und Leben" spielen.

6. Kapitel
Blaublümelein

Die Weihnachtsferien waren vorüber, Goldköpfchen war wieder nach Dresden zurückgekehrt. Beim Abschied hatten die Eltern ihr Töchterlein ermahnt, im letzten Vierteljahr recht fleißig zu sein, damit Bärbel nicht etwa in der Obertertia sitzenbleibe.

„Ich hoffe ja nicht, Vati, aber mit des Schicksals Mächten ist kein ewiger Bund zu flechten."

„Das werden Sie sich selbst nicht antun, Bärbel," sagte Harald Wendelin, „es ist doch recht peinlich, wenn die Mitschülerinnen weiter kommen und man selbst mit jüngeren wieder von vorn anfangen muß."

„Gestehen Sie es mir ehrlich, Herr Wendelin, sind Sie niemals sitzengeblieben?"

„Nein, Bärbel, das gab es für mich nicht. Ich wußte, daß meine Mutter ums tägliche Brot stark zu kämpfen hatte, ich habe frühzeitig den Ernst des Lebens kennengelernt, ich konnte die schmale Tasche meiner Mutter nicht mehr belasten. Sie starb mir viel zu früh, ich kam zu Verwandten, und die sahen streng darauf, daß ich die Klassenziele erreichte."

„Dann haben Sie eigentlich keine sonnige Kindheit gehabt."

„So glücklich wie Sie, liebes Bärbel, war ich in meiner Jugend freilich nicht, denn mir fehlte das Elternhaus."

„Nun, ich bin ja jetzt auch im Großelternhaus, aber auch da ist es hübsch, daß man mich zu Ostern in die Untersekunda schiebt."

Bärbel war mit der besten Absicht nach Dresden zurückgekehrt und stürzte sich auch in den ersten Tagen voller Eifer auf die Arbeit.

Aber der Winter war diesmal so besonders schön und lang. Die Eisbahn lockte, und mancher Seufzer kam über die Lippen Goldköpfchens, wenn es vom Fenster aus die Glücklichen sah, die gleich nach Tisch mit den blitzenden Schlittschuhen zur Eisbahn eilen konnten.

Frau Lindberg sorgte selbst dafür, daß Bärbel in diesem sportlichen Vergnügen nicht beeinträchtigt wurde. So verging kaum ein Tag, an dem sie sich nicht mit ihren Mitschülerinnen auf dem Eise tummelte und sich eifrig bemühte, kunstvolle Bogen zu ziehen.

Es blieb natürlich nicht aus, daß sich auf dem Eise die Gymnasiasten des Kant-Gymnasiums mit den Schülerinnen der Obertertia oft trafen. Da aber Bärbel in ihrer offenen Art daheim allen diesen Flirt skrupellos erzählte, lächelte Frau Lindberg nachsichtig dazu und wußte in geschickter Weise bis in die Tiefen dieses Mädchenherzens zu dringen, ohne daß es Bärbel zum Bewußtsein kam, daß sie ein klein wenig ausgehorcht wurde.

Erst ihre um zwei Jahre ältere Schulgenossin, Hella Brodowin, machte Goldköpfchen darauf aufmerksam, daß Schweigen in vielen Fällen besser sei als Reden. Weder Bärbel noch Edith hatten Sympathien für die siebzehnjährige Mitschülerin, von der man allerlei munkelte. Aber man hatte auch wieder Respekt vor der Welterfahrenen und lauschte gern ihren interessanten Erzählungen.

„Jugend und Alter passen nicht zusammen," meinte Hella, „man versteht uns heute nicht mehr. Wir sind nicht so altmodisch, wie unsere Mütter es waren. Wir haben das Recht auf unsere Jugend, wir müssen kämpfen um unsere Freiheit, und ich schlage vor, einen Klub zu gründen, in dem wir uns Treue und Verschwiegenheit bis in den Tod geloben."

Der Plan Hellas fand begeisterte Aufnahme. Auch Bärbel hatte so viel von Jungmädchenklubs gehört, daß sie sich freute, Mitglied einer solchen Vereinigung zu werden.

Der plötzlich gefaßte Plan wurde mehr und mehr besprochen, und schließlich stimmte die ganze Obertertia einstimmig zu, es müsse solch ein Klub gegründet werden.

Hella Brodowin riß die Führung an sich.

„Wir suchen uns ein Lokal oder ein Zimmer, kommen dort alle acht Tage zusammen, besprechen das Notwendige, haben unsere Statuten. Auf diese Weise können wir etwas erreichen."

„Einen Namen muß dieser Klub aber haben."

„Freilich," meinte Hella, „ich schlage vor, Klub Tollkirsche."

„Pfui," meinte Bärbel, „die Tollkirsche ist giftig. Das ist etwas für alte Jungfern, aber nicht für junge Mädchen."

Die verschiedensten Namen schwirrten durcheinander. Hella war gekränkt, daß man ihr widersprach.

„Wenn ihr alles besser wißt, so sucht euch auch den Namen allein."

„Der Name muß auf alle passen," meinte Bärbel.

„Ich hab's," rief Edith, „wir sind sechzehn, und elf von uns haben heute blaue Kleider an. Wir nennen uns Veilchen."

„Nein, – Blauforelle!"

„Warum denn nicht gleich Blaublümelein," höhnte Hella, „nach Heinrich Heine? – Ein Jüngling hatte ein Mädchen lieb, – – sie sind verdorben, gestorben."

„Blaublümelein ist sehr hübsch," sagte Bärbel, „ich bin dafür."

Hella ließ zwar abfällige Worte fallen, aber die Mehrheit entschied sich für Bärbels Vorschlag. So entstand an diesem Tage der Klub „Blaublümelein".

Die Ämter waren schnell verteilt. Bärbel wurde Schriftführerin. Sie sollte die Statuten abschreiben, sie sollte die gesamte Korrespondenz führen. Man verabredete zur Gründung den morgigen Nachmittag und wählte dazu eine kleine Konditorei; dort sollte alles genau besprochen werden.

Am Abend machte Bärbel der Großmutter gegenüber geheimnisvolle Andeutungen.

„Großchen, nun ist es aus mit der Offenheit, du mußt dich damit abfinden. Jugend und Alter ist eben etwas zu Verschiedenes. Die Jugend muß kämpfen, um etwas zu erreichen. Ich werde in Zukunft vor dir meine Lippen verschließen, – ich muß es tun, man wird von mir den Eid fordern."

Frau Lindberg horchte hoch auf. Das waren ganz neue Worte, die sie heute von ihrer Enkelin hörte.

„Was willst du mir in Zukunft verschweigen, Bärbel?"

„Heute darf ich noch reden, Großchen, aber morgen wird der Klub gegründet. Es wird wohl so eine Art Feme sein. Wir müssen schweigen bis an den Grabesrand."

„Und was bezweckt dieser Klub?"

„Kämpfen."

„Um was denn?"

„Um die Rechte der Jugend."

„Wer gründet diesen Klub?“

„Hella Brodowin hat gesagt, daß es endlich an der Zeit ist, uns zu rüsten, denn die Jugend hat heute das Vorrecht.“

Ein leichter Schatten legte sich über das Antlitz der alten Dame. Sie kannte Hella Brodowin nicht persönlich, hatte aber von Bärbel schon mancherlei gehört, was ihr nicht gefiel. Wenn es Hella gelang, Bärbel schlecht zu beeinflussen, bestand die große Gefahr, daß der noch so harmlose Backfisch von den angekränkelten Ideen jenes Mädchens erfaßt wurde und daß Bärbel vielleicht doch die Offenheit einstellte.

Es gab hier nur ein Mittel, um vorzubeugen. So erzählte Frau Lindberg lachend von dem eigenen Klub, den man gegründet habe, damals, als man sich auch in der Zeit der Sturm- und Drangperiode befand.

„Es ist immer dasselbe, Bärbel. Die Jugend glaubt sich stets unterdrückt und benachteiligt. Mag sie kämpfen, aber vergeßt dabei niemals die Ehrfurcht vor dem Alter, die Pflichten gegen die Nächsten, denkt stets daran, was ihr dem Elternhause schuldig seid. Ich sehe es nicht gern, mein liebes Bärbel, daß du dich an Hella anschließt, aber ich will dich nicht von diesem Klub zurückhalten, trotzdem habe ich das feste Vertrauen, daß du etwas Schlechtes weder tun noch billigen wirst. Und zum Eidschwören seid ihr alle viel zu jung, das laßt schön bleiben.“

„Wir stellen uns ganz gewiß die edelsten Aufgaben, Großchen, vielleicht sind wir sogar einmal zum Schutze des bedrängten Alters da. Ich werde Schriftführerin und werde wachen.“

In der kleinen Konditorei wurde der Klub „Blaublümelein“ gegründet. Es war nicht so einfach. Die meisten der jungen Mädchen dachten nicht daran, sich skrupellos Hella Brodowin unterzuordnen. Es kam zu stürmischen Auseinandersetzungen, denn bald wollte diese, bald jene nicht mitmachen, und in der Hauptsache war es Bärbel zu danken, daß man überhaupt endlich zu einem Ziele kam.

Der geheimnisvolle Anstrich, den dieser Klub bekam, reizte sie. Es sollte stets hinter verschlossenen Türen getagt werden, nur im Flüstertone durfte gesprochen werden. Stets mußte man für die Klubkameraden einstehen, sie, wenn eine in Not war, mit allen zu Gebote stehenden Mitteln heraushauen; man wollte ganz heimlich Abzeichen tragen, die aber erst beschafft werden mußten: ein paar gekreuzte Knochen.

„Elend und unglücklich soll derjenige bis an sein Lebensende sein, der eines der Mitglieder in der Not verrät."

Eine nach der anderen mußte diesen Satz feierlich sprechen.

„Von einer Blutsbruderschaft wollen wir absehen," sagte Hella, „aber mit einer Feder wollen wir alle unsere Namen unter die Statuten setzen und dabei den Schwur murmeln."

Bärbel fand das alles fabelhaft feierlich. Wenn Hella aufstand, mit den Augen rollte und dann den Schwur mit düsterer Stimme sprach, lief es Goldköpfchen eiskalt am Rücken herab. Zu schade, daß sie nichts davon dem Großchen erzählen durfte.

„Wollen wir nun auch Herren aufnehmen?" fragte Hella ganz unvermittelt.

Man protestierte. Die Blaublümelein wollten unter sich sein.

„Denkt doch nur, wie schlecht es uns ginge," sagte Bärbel eindringlich, „wenn wir für alle die Streiche, die die großen Jungens machen, einstehen müßten. Nein, da mache ich nicht mit!"

Sie bekam recht, die männlichen Elemente wurden ausgeschaltet. Bärbel erhielt den Auftrag, die Statuten, die 22 Paragraphen umfaßten, bis zum nächsten Freitag sechzehnmal abzuschreiben. Sie erhob zwar Einspruch, aber Hella erinnerte sie an das gegebene Versprechen: eine für alle.

Mit einem Seufzer dachte das junge Mädchen an die dadurch verlorene Zeit auf der Eisbahn. Sie würde emsig schreiben müssen, während sich andere auf dem Eise tummelten. Aber sie war nun einmal Mitglied des Klubs „Blaublümelein" und hatte Treue bis an den Rand des Grabes gelobt.

Am Abend forschte Frau Lindberg vorsichtig nach dem neu gegründeten Klub; aber energisch schüttelte Bärbel den Kopf.

„Großchen, ich bitte dich, bringe mich nicht in seelische Konflikte, ich muß schweigen, sonst – –. Nun, das kann ich dir nicht sagen."

Schon zwei Tage später zeigten sich die schlimmen Folgen dieser Vereinsgründung. Bärbel besaß ein außerordentliches Talent im Zeichnen. Nur zu oft riß sie ein Blatt aus ihrem Hefte heraus, um darauf ein Bild zu skizzieren, das stets gut getroffen war. Ihr Übermut wagte sich sogar an die Lehrer. Sie lauschte geschickt eine komische Stellung ab, um dann den Betreffenden aufs Papier zu bringen.

So war auch heute der Ordinarius, Doktor Gerlach, ihrem Bleistift zum Opfer gefallen, als er für ein paar Sekunden den Finger nachdenklich an die Nase legte. Unter den Tischen reichte man sich das wohlgelungene Bild herum, und Hella Brodowin kritzelte rasch darunter: wenn ihn doch erst der Teufel an seiner langen Nase fortholte!

Beim Weitergeben in die nächste Bank flatterte das Blatt zu Boden; Doktor Gerlach sah es und verlangte die Herausgabe. Erst weigerte man sich, aber es kam schließlich in seine Hände.

Das Bild kränkte ihn nicht, das war viel zu gut getroffen und viel zu fröhlich gehalten, um ihn zu erbittern. Aber die ungezogenen Worte, die darunter standen, ärgerten ihn stark.

„Wer hat das gemacht?"

Sekundenlanges Schweigen.

„Ich wünsche sogleich eine Antwort."

Bärbel erhob sich. „Ich habe das Bild gezeichnet."

„Du?" Hinter den Brillengläsern funkelten die Augen des Ordinarius das junge Mädchen an.

„Schämst du dich nicht, eine solche Bemerkung darunterzuschreiben?"

Bärbel horchte auf. Von einer Unterschrift wußte sie nichts. Sie blickte sich daher fragend in der Klasse um und schaute in Hellas Augen. Im gleichen Augenblick wußte sie, daß jene irgend etwas daruntergeschrieben haben mußte, denn Hella war für derartige Flegeleien bekannt. Da sie stets in solchen Fällen sich der Druckschrift bediente, war es nur selten gelungen, sie als Missetäterin zu erwischen.

„Die Unterschrift – –“ stammelte Bärbel.

Hella neigte sich über die Bank, eine Stimme zischte an ihrem Ohr: „Elend und unglücklich soll derjenige bis an sein Lebensende sein, der eines der Mitglieder in der Not verrät.“

Bärbel wollte aufbrausen. Das ging zu weit! Sie verpetzte zwar niemals ihre Mitschülerinnen, aber es kränkte sie, daß man ihr derartige Ungezogenheiten zutraute. Soweit durfte der Eid nicht gehen, daß man sich hinter ihm verbarg, wenn man irgendwelche Frechheiten plante.

Aber Bärbel war sich nicht ganz sicher. Sie hatte nun einmal geschworen und mußte still sein. Gesenkten Hauptes ließ sie die entrüsteten Worte des Ordinarius über sich ergehen, der ihr sagte, daß er Bärbel beim Direktor melden werde.

Die Tränen stiegen dem jungen Mädchen in die Augen. Bärbel hatte sich fest vorgenommen, gerade im letzten Vierteljahr keinen Anlaß zu einer schlechten Note zu geben. Nun würde sicherlich solch ein Vermerk ihr Zeugnis zieren.

Niedergeschlagen setzte sie sich wieder hin; aber die Abneigung, die sie schon lange gegen Hella Brodowin im Herzen trug, wurde in dieser Stunde noch größer.

Nach Schluß des Unterrichtes stürzte sie sich auf die Mitschülerin.

„Du bist ein Feigling, Hella – soll ich für dich büßen?“

„Du schwurst den Eid.“

„Damit du Frechheiten begehen kannst?“

Hella zuckte die Schultern. „Du hast geschworen, das genügt.“

„Du hast auch geschworen,“ entgegnete Bärbel erbittert, „einer für alle. Unser Klub hat es sich zur Aufgabe gemacht, ehrlich und anständig zu sein. Das steht in Paragraph 7.“

„Ist in diesem Falle nicht anwendbar. Ich war in Not, du mußtest mich heraushauen.“

So schwieg Bärbel denn auch, als sie vor dem strengen Direktor stand. Seine ernsten, aber immerhin noch gütigen Worte taten ihr sehr weh. Sie war zwar mehrmals in Versuchung, alles zu sagen, aber dieser schreckliche Eid durfte nicht gebrochen werden.

Als man sie entließ, trat Edith an sie heran.

„Tröste dich mit unserem Freund Heinrich Heine,“ sagte sie, „er sagt so wundervoll: es fiel ein Reif in der Frühlingsnacht, er fiel auf die zarten Blaublümelein.“

Bärbel wischte sich die Tränen aus den Augen.

„Ja, Edith, und den Vers werde ich über alle Statuten in die linke Ecke schreiben. Ich muß mich eben abfinden, ich habe ja geschworen.“

An diesem Tage kam Bärbel sehr niedergeschlagen heim. Frau Lindberg merkte sogleich, daß hier etwas nicht ganz in Ordnung war.

„Frage nicht, liebes Großchen, ich habe heute eine schlechte Note im Betragen erhalten. Ich habe unseren Ordinarius gezeichnet und – ach, ich muß ja schweigen. – Großchen, ein Eid ist etwas Furchtbares.“

Es war Frau Lindberg trotz größter Mühe ganz unmöglich, hier klar zu sehen. Sorgenvoll legte sich die alte Dame an diesem Abend zu Bett.

Um so glücklicher war sie, als tags darauf Bärbel mit hochroten Wangen heimkam und schon im Flur jubelnd nach Großchen rief.

„Wie süß, himmlisch, – Großchen, hast du nicht ein altes Bett?“

„Was ist denn los?“

Unter dem Mantel holte Bärbel eine Katze hervor.

„Ich habe sie gefunden, sie hat kein Elternhaus, sie war so furchtbar verhungert, da habe ich sie mitgenommen. – Höre doch, Großchen, wie sie weint. Wir werden sie aufnehmen, – ach, ich bin ja so glücklich, ein liebes Kätzchen zu haben!"

Nur widerstrebend fügte sich Frau Lindberg darein, die Katze in der Wohnung zu behalten, sie sah sofort, daß sich das Tier in wenigen Tagen vermehren würde. Sie beschloß, sogleich ein Inserat aufzugeben; als aber Bärbel erzählte, daß es die Katze ganz verhungert gefunden habe, wurde es Frau Lindberg klar, daß man sich des alten Tieres entledigen wollte.

„Wir können doch unmöglich mehrere Katzen in der Wohnung haben, Bärbel."

„Es wäre einfach himmlisch, ich hätte doch dann einen Lebenszweck, Großchen, ich will für die Tierchen schon sorgen."

Bärbel bereitete der Katze ein prächtiges Lager; Frau Lindberg mußte bremsen, damit das junge Mädchen nicht wertvolle Decken und Kissen zusammentrug.

Drei Tage später jubelte Bärbel über sechs kleine graue Kätzchen, die neben der Mutter in dem Körbchen lagen. Sie duldete es nicht, daß nur ein einziges der jungen Tierchen getötet wurde. Sie flehte die Großmutter an, und Frau Lindberg gab schließlich widerstrebend nach.

„Bedenke doch, Großchen, wie sich das lohnt. Wir können die kleinen Kätzchen später als Geschenke weitergeben. Das niedlichste nehme ich nach Hause mit. Oh, wie werden sich Kuno und Martin darüber freuen."

So blieben die sieben Katzen im Hause der unglücklichen Großmutter. Bärbel sorgte geradezu rührend für die Tiere. Sie verzichtete sogar am Sonntag auf die Schlagsahne, legte das Geld in Milch an, die die alte Katze über die gewohnte Portion hinaus bekam.

Trotz dieser Freude, die Bärbel an ihren sieben Katzen hatte, lag doch seit kurzem ein leichter Schleier über den blauen Augen. Irgend etwas stimmte nicht, aber Frau Lindberg konnte das Rätsel nicht lösen.

Bärbel litt schwer an den Statuten des neuen Klubs. Jetzt erst zeigte sich der schlechte Charakter Hellas. Sie nutzte die Schweigepflicht der Mitschülerinnen auf das gröblichste aus. Sie hatte sogar Freude daran, ihre Mitschülerinnen nach jeder Richtung hin zu belasten, sie wusch sich stets rein, während die anderen für ihre Bosheiten gestraft wurden.

Bei den Zusammenkünften in der Konditorei kam es zu stürmischen Szenen. Und als nun Hella sogar erklärte, daß es Pflicht sei, sich gegen die Autorität der Eltern zu wehren, daß man sich heute jeglichen Zwang von dieser Seite her verbieten müsse, brauste Bärbel auf.

„Seid doch froh, daß jemand da ist, der euch sagen kann, was gut und schlecht ist. Ich wollte, ich hätte nie geschworen."

„Häng' du nur weiter an der Schürze deiner alten Großmutter," höhnte Hella, „hast du denn Freiheiten? Kannst du dir dein Leben einrichten, wie du willst? Dein Vater ist ein vermögender Mann, was gibt er dir an Taschengeld? Wir müssen mehr Geld in die Finger bekommen, – wir müssen fordern, daß wir die Mittel haben, unsere eigenen Wege zu gehen."

In diesem hetzerischen Tone ging es weiter. Hella wurde zwar häufig stürmisch unterbrochen, aber sie wußte immer wieder die Oberhand zu gewinnen.

In Bärbel stürmte es. Nur ganz selten fiel eines dieser Worte in ihr Herz. Das meiste, was Hella sagte, war abscheulich. Wie schade, daß man nach dieser Richtung hin nicht irgend jemand befragen konnte. Aber sie mußte ja schweigen, der gegebene Eid band die Lippen.

Den meisten Widerspruch fand Hella in einer neuen Anordnung. Die Mitglieder des Klubs sollten dadurch gezwungen werden, an jedem Monatsersten zwei Mark Beitrag zu zahlen. Hella wollte diesen Betrag für wichtige Neuanschaffungen verwalten und ausgeben.

„Das ist viel zu viel Geld," erklärte Bärbel, „wo soll ich denn zwei Mark hernehmen? Außerdem brauchen wir kein Geld. Es kostet genug, wenn wir hier in jeder Woche Kaffee trinken und Kuchen essen."

„Es muß aber sein," erklärte Hella, „ihr müßt eben Opfer für den Klub bringen, ihr müßt euch in Selbstlosigkeit üben."

Sie sprach so überzeugend, daß schließlich eine nach der anderen beipflichtete. Erneut wurde beschlossen, daß jedes Mitglied am nächsten Freitag zwei Mark mitzubringen habe, widrigenfalls es mit Schimpf und Schande aus dem Klub ausgestoßen würde.

„Hütet euch," rief Hella, „unserer Sache untreu zu werden, ihr würdet kein Glück mehr im Leben haben, das Unheil heftet sich an eure Fersen. – Also, vergeßt die zwei Mark nicht!"

Auf dem Heimwege besprachen die einzelnen jungen Mädchen gruppenweise Hellas neue Forderungen.

„Ich glaube, sie will das Geld für sich haben," meinte Edith. „Hast du den Mut, auszutreten, Bärbel?"

„Nein," entgegnete das Backfischchen kleinlaut.

„Ich ja auch nicht, – aber wir haben durch sie nur Schimpf und Schande."

„Ich habe ihr gestern mein Mathematikheft borgen müssen, alles hat sie abgeschrieben," sagte Bärbel.

„Eigentlich geht das zu weit."

„Sei nur still, Edith, der Reif ist eben auf uns Blaublümelein gefallen. Wir waren dumm, sie zu unserer Vorsitzenden zu machen."

Am übernächsten Tage trat ein Ereignis in Bärbels Leben, das dem Backfisch für lange Zeit das fröhliche Lachen nahm.

Im Hinterhause des Nebengebäudes hatte sich eine Mutter mit drei kleinen Kindern den Tod gegeben. Sie hatte die Gashähne aufgedreht, man hatte erst am frühen Morgen die Frau gefunden, und alle Wiederbelebungsversuche waren umsonst gewesen. Bärbel war ahnungslos gerade dazu gekommen, als man auf einer Bahre die Toten in den Sanitätswagen lud.

Ein wildes Entsetzen erfüllte das junge Mädchen. Noch niemals war Bärbel Zeuge einer solchen Tragödie geworden. Wohl wußte sie, daß es arme Menschen in Hülle und Fülle gab, wohl hatte sie Bittende an vielen Straßenecken stehen sehen, aber meistens war das junge Mädchen achtlos an diesen vorübergeschritten, kein Gedanke war zu jenen Unglücklichen hingeflogen, die verzweifelt eine milde Gabe erflehten, um den bitteren Hunger zu stillen.

So stand denn Bärbel Wagner noch immer in dem Menschenhaufen und hörte von allen Seiten die Mutmaßungen, die Behauptungen.

„Sie ist richtiggehend verhungert," sagte eine Frau, „niemand hat sich um sie gekümmert. Die Kinder sollen schon lange nach Brot geschrien haben. – Die arme Frau muß ja schließlich zur Verzweiflung getrieben worden sein."

„Sie hat einen Zettel hinterlassen. Seit acht Tagen hat sie nichts mehr im Hause gehabt. Zuletzt hat sie für die Kinder einige Semmeln gestohlen, dabei hat man sie erwischt."

Nachtdunkle Schatten legten sich über Bärbels Blauaugen. Was sie hier hörte, war so grauenvoll, daß sie keinen anderen Gedanken mehr hatte als bitterste Selbstvorwürfe. Vor etwa vierzehn Tagen war ihr das goldlockige Mädchen begegnet. Oh, sie kannte das Kind genau. Noch sah sie die dunklen, fragenden Augen, und Bärbel hatte gerade damals an einem Stück Schokolade geknabbert und war an der Kleinen vorübergegangen.

Ach, wie leid ihr das jetzt tat!

Es würgte ihr im Halse. Sie hätte am liebsten laut aufgeschrien, um sich ein wenig Luft zu machen. Aber mit verhaltenem Atem lauschte sie auf die Worte, die um sie herumschwirrten.

„Die alte Kahler wird es wohl bald nachmachen, die hungert auch und hat einstmals so gute Tage gesehen."

Nein, nein, sie konnte nichts weiter hören, es ging über ihre Kraft. Mit brennenden Augen starrte sie dem davonfahrenden Wagen nach.

Eine Mutter und drei Kinder, und sie saß alltäglich am vollbesetzten Tische und hatte erst gestern geäußert: „Ach, Großchen, immer Rindfleisch, ich kann es schon gar nicht mehr sehen.“

Wenn die unglückliche Frau mit ihren drei Kindern gestern das verschmähte Rindfleisch gehabt hätte, die Gashähne wären gewiß nicht geöffnet worden.

Bis ins Innerste aufgewühlt schlich sich Goldköpfchen davon. Sie mußte ja zur Schule gehen. Der Unterricht hatte wohl längst begonnen. Unwillkürlich preßte Bärbel die schwarze Büchermappe fester unter den Arm. Da drinnen lagen drei mit Wurst belegte Brötchen. Schon der Gedanke daran ließ Bärbel zusammenschauern. Drei Brötchen, für jedes der toten Kinder eins. Wie oft brachte sie eines oder gar zwei davon wieder heim, weil ihr die darauf liegende Wurst nicht mundete.

Die Augen standen ihr voller Tränen, als sie sich dem Schulhause näherte. Ihr entgegen humpelte ein alter Mann. Aufgewühlt, wie Bärbel war, griff sie in die Büchertasche und hielt dem Alten mit überquellenden Augen die drei Brötchen hin.

„Nehmen Sie das. Sie haben sicherlich Hunger.“

Der Alte lachte das junge Mädchen an. „Hunger – nee, Fräulein.“

„Nehmen Sie, nehmen Sie nur,“ sagte Bärbel mit erstickter Stimme und stürmte an dem Verdutzten vorüber, hinein in den Schulhof.

Der alte Mann sah ihr nach, wickelte kopfschüttelnd die Brötchen aus und murmelte: „Nun, dann nehme ich sie eben mit heim. – Es gibt doch merkwürdige Menschen.“

Die Geschichtsstunde hatte bereits begonnen, als Bärbel hastig das Klassenzimmer betrat. Sie sah gänzlich verstört aus, in ihren Augen standen noch immer die Tränen.

„Bitte um Entschuldigung, Herr Doktor, ich – ich habe mich verspätet.“

Doktor Hering nickte nur dazu. Er hatte einen schnellen Blick auf das junge Mädchen geworfen und sofort gesehen, daß ihm etwas

Unangenehmes zugestoßen sein mußte, denn die stets so übermütig blitzenden Augen waren heute feucht und verschleiert.

Bärbel ließ sich auf ihren Platz nieder und versank wieder in Brüten. Das schreckliche Bild wollte nicht von ihrer Seele weichen. Sie mußte heute mit Großchen reden, denn nicht wieder durfte so etwas Entsetzliches geschehen. Sie würde nicht zum zweiten Male über Rindfleisch klagen; dankbar wollte sie alles entgegennehmen, was man ihr bot.

„Nun, Bärbel?“

Die Angeredete fuhr erschreckt auf. Man fragte sie, aber sie hatte keine Ahnung, was Doktor Rollmops von ihr wollte.

Rollmops! – Wie glücklich wären die drei Kinder gewesen, wenn sie einen Rollmops gehabt hätten. – Nun lagen sie bleich und kalt auf der Bahre.

„Willst du mir nicht antworten, Bärbel?“

„Entschuldigen Sie, Herr Doktor, ich habe die Frage nicht gehört.“

„Du bist heute sehr zerstreut,“ tönte es streng und grollend vom Katheder herunter, „ich wiederhole: die Not der eingeschlossenen Römer war aufs äußerste gestiegen, die Lebensmittel wurden immer knapper – – fahre fort, Bärbel.“

Die Lippen des jungen Mädchens begannen zu zittern. Der einzige Satz aus dem grauen Altertum genügte, um Bärbels Fassung erneut zusammenbrechen zu lassen. Not, überall Not, wohin man hörte.

Statt einer Antwort warf Bärbel die Arme auf die Tischplatte und begann so jammervoll zu weinen, daß Doktor Hering erschreckt aufsprang und sich hastig dem jungen Mädchen näherte.

„Bärbel, – warum weinst du?“

„Über die Not, die furchtbare Not!“

Doktor Hering war einen Augenblick starr. Er, der den jungen Mädchen gegenüber so unsicher war, wußte in diesem Augenblick nicht, was er mit diesem Ausruf anfangen sollte. Es war doch undenkbar, daß eine

Fünfzehnjährige über die Not, die vor mehr als einem Jahrtausend in Rom geherrscht hatte, so bitterlich weinte. War das eine gutgespielte Komödie?

Nein. – Er sah den zuckenden und bebenden Körper, hörte das leidenschaftliche Weinen, wurde aber nicht klug daraus.

Einige Mitschülerinnen begannen leise zu lachen, dann sprang ganz plötzlich ein lautes Gelächter auf, das schnitt Bärbel noch tiefer ins Herz. Man lachte, während eine unglückliche Frau mit ihren drei Kindern tot davongefahren wurde.

Sie hielt sich beide Ohren zu, sie konnte nicht sprechen, sie hätte nur immer schreien mögen vor innerer Qual. Wenn sie die Augen schloß, sah sie immer wieder das grauenvolle Bild.

Doktor Hering war ratlos. – Er strich zaghaft Bärbel mehrfach über das goldblonde Haar und sagte unsicher: „Beruhige dich – –"

Aber die anderen lachten und lachten. Da sprang Bärbel plötzlich auf, lief zur Tür hinaus und verbarg sich hinter einem der dicken Pfeiler. Sie legte den heißen Kopf an die kalten Steine, und erst nach Minuten wurde sie ganz allmählich ein wenig ruhiger.

In der Pause wurde Bärbel abermals zum Direktor gerufen.

„Ich weiß nicht, Bärbel, was es in letzter Zeit mit dir für eine Bewandtnis hat. Herr Doktor Hering meldet mir heute dein eigenartiges Verhalten. Ich sehe dich verweint, schütte mir dein Herz aus, mein Kind."

Da endlich vermochte das junge Mädchen das beschwerte Herz zu erleichtern. Aufs neue strömten ihm die Tränen aus den Augen, und gerührt faßte der Direktor nach ihren beiden Händen.

„Du wirst im Leben noch manches Traurige erfahren, Bärbel. Ich kann es wohl verstehen, daß dich die heutige Katastrophe aus den Fugen riß. Du kennst die Not und den Jammer der Großstadt noch nicht, mein liebes Kind, behalte dir dein warmes Herz; und wenn du später Gelegenheit hast, Not zu lindern, so denke an diese Stunde zurück."

Nach diesen freundlichen Worten wurde Goldköpfchen etwas ruhiger. Sie vermochte es sogar, einige der Mitschülerinnen von dem Erlebten zu unterrichten. Da verstummte allgemein der Übermut, denn das traurige Vorkommnis senkte sich wie ein Schatten auf die Mädchenklasse.

Nur Hella Brodowin deklamierte mit Pathos: „Es fiel ein Reif in der Frühlingsnacht, er fiel auf die zarten Blaublümelein." –

Auch Großmama Lindberg hatte den Eindruck, daß ein Reif auf ihr Goldköpfchen gefallen sei. Bärbel konnte sich gar nicht damit abfinden, daß ein Unglück in nächster Nähe geschehen war, und daß man nicht geholfen hatte. Bei jeder Mahlzeit hatte sie das Gefühl, als dürfte sie die Speisen nicht essen; und ganz schüchtern bat sie Großchen, doch in Zukunft ganz einfach zu kochen, es könnte dann vielleicht noch jemand mitessen, der hungernd durch die Straßen wandere.

Als wieder der Freitag kam und Bärbel sich rüstete, um in der Konditorei die erneute Zusammenkunft des Klubs „Blaublümelein" zu besuchen, war ihr Herz schwer. Sechzehn junge Mädchen aßen Kuchen und tranken Kaffee. – War das nötig? Und nun wollte Hella sogar noch zwei Mark haben, damit sie von dem Gelde Vereinsbriefbogen drucken lassen konnte. – Wozu das alles? Wenn die tote Frau diese zweiunddreißig Mark gehabt hätte, der verzweifelte Schritt wäre nicht geschehen.

Bärbel besaß gerade noch zwei Mark Taschengeld. Es wurmte sie ein wenig, daß sie diese Summe an Hella geben sollte. Aber sie war ja dazu verpflichtet.

An dem Platze, den sie überschreiten mußte, stand ein altes Weiblein. Der Rücken war gebeugt, das gelbe Gesicht, das wie Pergamentpapier ausschaute, mit Runzeln überzogen. Bisher hatte sich Bärbel alte Leute niemals genauer angesehen. Aber jetzt verlangsamte sie ihren Schritt, um das hagere Mütterchen zu betrachten. Wie mager ihre Hände waren! Ob die Frau wohl heute schon ein warmes Essen gehabt hatte?

Die Alte hob die Augen, traurige, hoffnungslose Augen, in denen es wohl nicht mehr froh aufleuchten konnte.

Und Bärbel sah in Gedanken wieder die Bahre und hörte die Worte der Umstehenden an der Unglücksstätte.

Sie griff in ihr Täschchen, nahm die zwei Mark, die für Hella bestimmt waren, und drückte sie in die Hand der frierenden Alten.

„Mit Schimpf und Schande schmeißen sie mich jetzt raus aus dem Klub, – kein Glück werde ich mehr im Leben haben. – Aber ich konnte nicht anders."

Nochmals wandte sie sich um. Da stand das Mütterchen, hielt die geöffnete Hand noch immer vor sich hin, starrte auf das Geldstück; und schließlich brach doch aus den müden Augen ein Schimmer des Glücks.

„Ich brauche den Klub nicht," sagte Bärbel zitternd vor Freude, „ich schaffe mir mein Glück allein, – ich gehe nicht mehr hin, ich trete aus!"

Einer Siegerin gleich betrat sie die Konditorei, in der schon alle jungen Mädchen versammelt waren.

Hella Brodowin eröffnete die Sitzung und forderte die Zahlung der zwei Mark.

Hastig erhob sich Bärbel.

„Ich zahle nicht," sagte sie energisch, „das ist ja alles Dummheit, der ganze Klub ist Quatsch! Da haben wir so alberne Heimlichkeiten, müssen die Gemeinheiten unserer Vorsitzenden ausfressen, vertrödeln das gute Geld und könnten damit andere glücklich machen."

„Du bist wohl übergeschnappt, Bärbel, – ich entziehe dir das Wort!"

„Du hast mir nichts mehr zu sagen, Hella, ich trete aus, ich habe meine zwei Mark einer alten, hungernden Frau gegeben, Kinder, wie war sie froh! – Wozu brauchst du das Geld, Hella? Ich trete aus; beschimpft mich, soviel ihr wollt, ich mache den Unsinn nicht mehr mit."

Beifälliges Gemurmel entstand; Edith war die erste, die Bärbel beipflichtete.

„Ich finde es schrecklich, immerzu Geheimnisse zu haben."

„Und ich will nicht noch einen zweiten Tadel deinetwegen bekommen," rief Gabriele.

Es dauerte nur zehn Minuten, da sah sich die Vorsitzende des Klubs „Blaublümelein" verlassen. Sämtliche Mitglieder erklärten, daß sie kein Interesse mehr an dem Klub hätten, und daß er mit dem heutigen Tage statutenmäßig aufgelöst sei.

„Ich geb' dir meine zwei Mark," sagte Edith leise zu Bärbel, „dann kannst du wieder eine alte Frau glücklich machen."

„Tue es doch selbst," flüsterte Bärbel verklärt, „dann erst fühlt man, wie glücklich man ist, wenn man helfen kann."

Viel früher als sonst ging man heute auseinander. Frau Lindberg war sehr erstaunt, Bärbel so zeitig wieder heimkommen zu sehen.

„Großchen," sagte Goldköpfchen, indem es beide Arme fest um die alte Dame schlang, „nun ist der Wall niedergerissen, nun schenken wir uns auch wieder volles Vertrauen. Das Siegel meiner Lippen habe ich zerstört. Ich bin kein ›Blaublümelein‹ mehr. Ach, Großchen, es ist so traurig und doch so schön auf der Welt."

7. Kapitel
Bärbel will etwas erleben

Die Versetzung zu Ostern war glatt vonstatten gegangen, an der grünen Mütze trug Bärbel jetzt den silbernen Streifen der Untersekunda. Mit einem stolzen Gefühl war das junge Mädchen ins Elternhaus gekommen, als Untersekundanerin machte man doch erheblich mehr Eindruck als nur eine Schülerin der Tertia.

Die Eltern hatten ihrem Goldköpfchen als Belohnung einen lange gehegten Wunsch erfüllt und ihr eine Laute geschenkt. Es war vorgesehen worden, daß Bärbel in Dresden in einem kleinen Konservatorium Unterricht nehmen sollte. Für's Klavierspielen hatte sie wenig Neigung;

ihre Stimme war klein, aber niedlich, und so hielten es Wagners für das beste, sie im Lautenspiel ausbilden zu lassen.

Die Osterferien waren sehr vergnügt verlaufen, obwohl diesmal weder Bruder Joachim noch Harald Wendelin in Dillstadt weilten. Beide Studenten steckten mitten in den Examenarbeiten und hatten viel zu tun.

So war Bärbel als Untersekundanerin nach Dresden in das Haus ihrer Großmutter zurückgekehrt und kam sich beinahe schon als erwachsene Dame vor. Fast alle ihrer Mitschülerinnen waren gleich ihr versetzt worden, nur zwei waren in der Tertia kleben geblieben, unter ihnen Hella Brodowin.

Das war für die Untersekundanerinnen eine große Freude. Mit Hella ließ sich keine gute Freundschaft halten, seitdem der Klub „Blaublümelein" aufgeflogen war.

Sogar den Ordinarius, Doktor Gerlach, behielt man. Bärbel hatte zwar gehofft, daß man den schönen, schwarzlockigen Studienrat Adams bekommen würde, aber schließlich war es gut, daß man Doktor Gerlach hatte, denn man war an ihn gewöhnt.

Für die Geschichtsstunde behielt die Untersekunda Doktor Rollmops, der noch immer seinen bellenden Ton anschlug, wenn er mit den Schülerinnen redete. Bärbel hatte dafür gesorgt, daß man ihm das Leben nicht gar zu schwer machte, und wenn sich wirklich der kecke Übermut an ihn heranwagte, war es immer wieder Goldköpfchen, das schlichtend eingriff.

Das blieb natürlich von Doktor Hering nicht unbemerkt, und er empfand für das frische, blondlockige Mädchen eine herzliche Zuneigung, die er aber unter ganz besonders rauhen Worten verbarg. Trotzdem ahnte Bärbel, daß sich zwischen ihr und dem Rollmops festere Fäden gesponnen hatten. Als er eines Tages wieder einmal mit seiner hartklingenden Stimme Bärbel bei aufforderte, etwas zu erzählen, sagte Goldköpfchen trocken:

„Warum brüllen Sie denn gerade mich immer so an, Herr Doktor?"

„Tue ich das?“ fragte er kurz.

„Ja.“

Da bemerkte sie, daß er, von den Ohren her, rot wurde, daß diese Röte sich schließlich über das ganze Gesicht verbreitete, daß er das Lehrbuch bis an die Nase hob und schließlich hervorstieß:

„Netz dich sieder!“

Er verbesserte sich sofort.

„Setz dich nieder!“

Aber für Bärbel war dieses Versprechen der Anlaß zu einem lauten Auflachen.

„Netz dich,“ rief hinter ihr halblaut eine der Mitschülerinnen.

Schon wieder tat Goldköpfchen der junge Studienrat leid. Energisch biß sie sich auf die Lippen, aber es dauerte doch eine ganze Weile, ehe sie sich innerlich wieder beruhigt hatte. Seit jenem Tage hatte die ganze Untersekunda ihren Spaß daran, Herrn Doktor Rollmops zu fragen: „Darf ich mich jetzt netzen, Herr Doktor?“

Aber auch Bärbel wurde von Neckereien nicht verschont. Es stand für die Schülerinnen der Untersekunda fest, daß Doktor Rollmops für Bärbel Wagner schwärme.

„Wenn sich ein Mann im Anblick einer jungen Dame mit der Zunge verheddert, so ist das der unumstößliche Beweis, daß er in sie verliebt ist,“ erklärte Edith. „Ich habe so etwas bei Nietzsche oder einem anderen Philosophen gelesen.“

Bärbel wies diese Zumutung energisch zurück. Sie interessierte sich gar nicht für Doktor Rollmops, und es blieb ihr schließlich nichts anderes übrig, als ihr Herzensgeheimnis preiszugeben, um endlich vor den Neckereien Ruhe zu haben.

„Wie kann ich an einen Mann denken, wenn ich das Bild eines anderen im Herzen trage?“

Man bestürmte sie, sie solle beichten. Da kam es heraus.

Seit vierzehn Tagen besuchte Bärbel ein kleines, bescheidenes Konservatorium. Ein ganz junger Lehrer erteilte ihr Lautenunterricht. Dieser junge Mann, der, wie Bärbel sagte, Apfelblüten als Bäckchen hatte, dessen Haare wie frische Semmeln aussahen, trug den romantischen Namen Merkur. Schon am ersten Tage hatte sich Bärbel in den Lautenlehrer bis über beide Ohren verliebt.

„Er ist geradeswegs vom Olymp herabgestiegen," schwärmte sie der Großmutter vor, „wenn er eine Lyra in den Händen hätte, wäre das Götterbild fertig."

Von diesem Merkur berichtete Goldköpfchen jetzt ganz ausführlich, um den schrecklichen Verdacht loszuwerden, daß sie in Doktor Rollmops verliebt sei.

Eben in diese Tage fiel die Erstaufführung einer Operette, die so einschlug, daß man in ganz Dresden von dem jungen Komponisten sprach. Der Name dieses Mannes, der über Nacht berühmt geworden war, tönte in aller Munde.

Auch die Untersekunda unterhielt sich von dem berühmt Gewordenen, und Bärbel stieß den Seufzer aus: „Ach, wie herrlich muß es sein, wenn die ganze Welt von einem spricht, wenn man eine Berühmtheit ist!"

„Ja," pflichtete ihr Edith bei, „man dusselt so ins Leben hinein. Man müßte von sich reden machen, man müßte etwas erleben."

„Zweiundzwanzig Jahre, und noch nichts für die Unsterblichkeit getan," deklamierte Bärbel. „Wie können wir unsere kostbare Jugendzeit so verdusseln! Don Carlos sehnte sich auch nach einem Erlebnis. – Ach, Kinder, wenn man doch einmal so ein richtiges, den Menschen aufwühlendes Erlebnis hätte. Dann bildet sich der Charakter. Aber wir sitzen morgens in der Schulstube, und nachmittags geschieht auch nichts."

„Ach ja, ein Erlebnis müßten wir haben," klang es im Chore. „Etwa so, wie es Lukrezia hatte, als sie dem Bruder den Giftbecher reichte, oder Elsa, der der Lohengrin erschien."

„Wenn wenigstens eine gewaltige Liebe über einen käme," meinte Edith, „die einen himmelhochjauchzend und zu Tode betrübt macht. Aber mit den dummen Jungen vom Kant-Gymnasium ist ja nichts los."

Bärbel schloß die Augen. Eine himmelstürmende Liebe, so etwas Aufwühlendes, so etwas, wo sie in einem Atem lachen und weinen mußte. Sie hatte manches Buch gelesen. Oh, was litten darin die jungen Mädchen, bis sie sich endlich den Herzallerliebsten errungen hatten!

Ja, wenn etwas Derartiges in ihr Leben träte, wie wunderschön mußte das sein!

Frau Lindberg betrachtete ihre Enkelin kopfschüttelnd, als sie hörte, daß Bärbel über die Langeweile des Daseins klagte.

„Ist das gelebt, Großchen? Ereignet sich etwas, das den Charakter umschweißt und ihn dann herauskristallisiert? Wie kann ich überhaupt ein Charakter werden, wenn mir gar nichts geschieht?"

„Aber mein geliebtes Bärbel, was soll denn geschehen?"

„Ich möchte etwas erleben," rief Bärbel mit ausgebreiteten Armen, „etwas Großes, Pompöses, – meinetwegen auch etwas Schauriges. Die Leute sollen hinter mir dreinstaunen. – Ach, Großchen, warum bin ich kein Dichter!"

„Man lebt viel ruhiger in bescheidener Zurückgezogenheit, Bärbel."

Goldköpfchen schüttelte so heftig den Kopf, daß die Locken um ihr Haupt flogen.

„Ich sehne mich nach einem Erlebnis! Ach, Großchen, wie fange ich das nur an?"

Frau Lindberg mußte über diesen sehnsüchtigen Wunsch lächeln. Sie kannte die Sturm- und Drangperiode der Jungmädchenjahre, aber sie maß diesem Sehnen weiter keine Bedeutung bei.

Da Bärbel einsah, daß sie weder als Komponistin, noch als Dichterin, am allerwenigsten aber als Schauspielerin ihr Erlebnis haben würde, beschloß sie, sich zunächst auf die Liebe zu werfen. Es war ja einer da, für den sich ihr Herz entzündet hatte: der apfelbäckige Merkur. Sie hatte jetzt gerade ein so interessantes Buch vor, in welchem eine junge Dame sich durch zärtlichen Augenaufschlag und girrendes Lachen den Mann errang. Warum sollte sie das nicht auch versuchen? Gleich morgen, in der Lautenstunde, wollte sie den ersten Anlauf nehmen. Vielleicht sank ihr dann Herr Merkur zu Füßen, vielleicht bedeckte auch er ihre Hände mit glühenden Küssen, wie es der Held im Buche tat.

Diesmal hatte sie eine kleine Heimlichkeit vor der Großmutter. Sie zog die neuen Lackschuhe und das blaue Sonntagskleid an. Sie mußte schön sein, wenn sie die Liebe eines Mannes gewinnen wollte.

Da saß sie nun mit klopfendem Herzen neben dem Lehrer. Seine Schulter berührte die ihrige, sie ließ ein Zucken merken, als er mit seiner Hand ihre Rechte berührte, um ihr die richtige Fingerstellung zu zeigen. Dann ließ Bärbel die Laute sinken, ein lauter Seufzer kam aus ihrem Munde.

„Haben Sie Schmerzen?"

Bärbel wippte mit dem Lackschuh. Er sollte sehen, was sie für einen kleinen Fuß hatte.

„Ach," sagte sie, auf den Schuh starrend.

„Sie haben wohl zu enge Schuhe an, Fräulein Wagner?"

„Dummkopf," ging es ihr durch den Sinn.

„Nein," erwiderte sie und drückte die Laute fest ans Herz. Dann schlug sie kokett die Augen zu ihm auf und fragte mit gänzlich verstellter Stimme: „Wollen wir fortfahren?"

Wieder begann der Unterricht, aber instinktiv merkte Bärbel, daß Herr Merkur heute recht unaufmerksam war. Hatte ihr Verhalten bereits Eindruck auf ihn gemacht?

Wenn wirklich die große Liebe zu ihm kam, oh, dann hatte sie ja ihr Erlebnis!

Sie schaute den Lehrer verstohlen an; seine Augen ruhten auf ihren goldblonden Haaren.

„Sie sehen mich ja so komisch an?"

„Entschuldigen Sie, – aber Ihr Haar ist so wundervoll."

„Ach – –"

„Ich liebe dieses goldblonde Haar."

Das war der Anfang. So ähnlich hatte der Held in dem Roman auch gesprochen. Bärbel riß vor innerer Freude an den Saiten. Da fuhr Herr Merkur zusammen, strich sich mit der Rechten über die Stirn und verlangte, daß sie die Übung von vorn beginne.

„Goldköpfchen nennt man mich daheim."

„Wie reizend!"

„Eigentlich heiße ich Barbara, aber wenn man nett zu mir ist, nennt man mich Bärbel."

„Bärbel!" Ein Jubelruf kam über die Lippen des Lehrers, er krampfte die Hände zusammen, legte sie dann aufs Herz und flüsterte nochmals mit leiser Zärtlichkeit: „Bärbel!"

Goldköpfchen schloß die Augen. – Nun war es so weit. Nun würde er wohl gleich vor ihr niedersinken und ihren Namen noch einmal so süß hinhauchen, wie er es eben getan hatte. Ja, das war die Liebe, die große, echte Liebe!

„Verzeihen Sie, Fräulein Wagner," sagte er plötzlich gefaßt, „aber – –"

„Es macht nichts," flüsterte Bärbel.

„Sie müssen nämlich wissen, ich – –"

„Ich weiß alles," sagte Bärbel stockend.

„Nein, Fräulein Wagner, noch niemand weiß es, denn wir haben uns erst gestern abend verlobt. – Sie heißt nämlich auch Bärbel und hat genau solch goldene Haare wie Sie.“

Eine Sekunde lang hatte das junge Mädchen, ein Gefühl, als stürze ihm kaltes Wasser über den Rücken. Dann griff Bärbel so temperamentvoll in die Saiten, daß zwei davon rissen.

Ein Märchen von Grimm fiel ihr ein.

„Es ist ein Band von meinem Herzen, das da lag in großen Schmerzen.“

„Darum bin ich auch heute ein wenig zerstreut, Fräulein Wagner. – Sie müssen entschuldigen. Aber daß Sie nun auch gerade Bärbel heißen.“

Das also war die große Liebe, das war das ersehnte Erlebnis. Wozu hatte sie denn die guten Schuhe angezogen und das Sonntagskleid? Er liebte eine andere.

„Wenn Sie nicht in Stimmung sind,“ sagte Bärbel ziemlich mißmutig, „dann möchte ich heute – ich bin nämlich auch nicht in Stimmung. Ich komme lieber am Montag wieder.“

„Aber wir könnten deswegen doch – –“

„Nein, nein,“ sagte sie unwillig, indem sie sich den Hut auf die Locken drückte, „schwärmen Sie weiter von Ihrem Bärbel.“

Als sie unten im Hausflur stand, kam ihr der Gedanke, nun auch die Laute an der Eingangssäule zu zerschellen.

„Weh dir, verruchter Mörder, du Fluch des Lautentums, dahin ist all mein Hoffen!“

Nein, – wozu sollte sie die schöne Laute zerschlagen? Sie würde sich diese Liebe aus dem Herzen reißen und auch diese Enttäuschung überwinden. – Vielleicht kam doch noch einmal das große Erlebnis zu ihr.

Damit war der semmelblonde Merkur mit den Glotzaugen für Bärbel erledigt.

Auch in den nächsten Tagen gab es gar nichts zum Erleben. Ein Tag ging wie der andere dahin, und Bärbel klagte allabendlich dem Großchen, daß es noch immer nichts für die Unsterblichkeit getan habe. Jedesmal, wenn sie in die Zeitung schaute, wenn irgendein Name Erwähnung fand, tippte sie mit dem Finger darauf und sagte seufzend:

„Wenn ich doch auch einmal durch die Druckerschwärze ginge!"

Es war ihr ganz einerlei, ob der Name lobend oder tadelnd erwähnt wurde. Der Dieb, der vor den Schranken des Gerichtes stand, erregte ebenso ihr Interesse, wie der Direktor einer Bank, der sich unter eine Ankündigung schrieb.

„Ein Erlebnis zu haben, Großchen, und gedruckt zu werden, welch ein Glück!"

Da kam sie eines Tages mit glühenden Wangen heim.

„Großchen! – In mein Leben ist etwas Neues getreten, – ich werde sehend!"

„Was ist denn schon wieder los, Goldköpfchen?"

„Gabriele hat mich doch zu heute nachmittag eingeladen. Dort gibt es eine spiritistische Sitzung. Gabriele meint, wir können einen Tisch tanzen lassen, und wenn einer in Trance wäre, könnten wir sogar Geister klopfen hören."

„Fangt ihr auch mit dem Unsinn an, Kinder?"

„Ich habe schon von Hellsehern gelesen, Großchen, und gerade jetzt sagt man, daß das Verbrechen in Pirna durch einen Hellseher aufgeklärt werden soll. – Oh, ich weiß schon, wie wir uns die Geister dienstbar machen. Ich habe dir doch erzählt, daß jetzt so viele in der Schule anonyme Briefe kriegen. – Gabriele meint, wir werden den Geist fragen, wer sie schreibt."

„Nun, ich denke, die Geister werden sich gar nicht erst zu euch bemühen," scherzte Frau Lindberg. Sie war in der jetzt folgenden

Unterredung eifrig bemüht, die bevorstehende Sitzung des Mystischen zu entkleiden.

Aber für Bärbel war doch diese geplante spiritistische Versammlung etwas ganz Neues. Als man sich bei Gabriele Langen zum Kaffee einfand, schlangen alle anwesenden jungen Mädchen den Kuchen mit denkbar größter Eile herunter, weil man gar nicht schnell genug die Geister herbeizitieren konnte.

Endlich war es so weit. Man ging ins Nebenzimmer, ließ die Rolläden vor die Fenster und zündete nur eine einzige Kerze an.

„Es ist auch ohne Kerze noch hell genug," meinte Gabriele, „die Sonne läßt sich nicht ganz aussperren. Aber ich denke, wir sind alle so andachtsvoll gestimmt, daß die Geister kommen werden."

Sie gab darauf die Erklärungen: die Geister klopften, der Tisch würde tanzen, vielleicht sogar bis zur Decke hinauffliegen.

Voller Erwartung saßen die zehn jungen Mädchen um den kleinen Tisch, legten die Hände gespreizt an den Rand der runden Platte, das Schweigen begann.

Bärbel brannte vor Aufregung. Wenn wirklich ein Geist erschien, hatte sie ihr großes Erlebnis. An diesem Geist wollte sie die nächsten Jahre zehren. Wer würde wohl erscheinen? Ach, daß sie sich einen ihrer Freunde aussuchen dürfte!

Man saß und saß, – keines der jungen Mädchen rührte sich, keines gab einen Laut von sich. Bis endlich Gabriele Langen flüsternd sagte:

„Kinder, merkt ihr etwas? Er bewegt sich."

Richtig! – Da fing der Tisch auch schon zu wackeln an. Er wackelte stärker, neigte sich nach rechts, nach links, da rief Gabriele mit dumpfer Stimme:

„Geist – – bist – – du – – da?"

Der Tisch neigte sich.

„Er ist gekommen," sagte Gabriele flüsternd.

„Wer denn?“ fragte Bärbel neugierig.

„Das werden wir erkunden,“ meinte Gabriele.

„Geist – – wer bist du? – Gib Antwort auf unsre Frage.“

„Kann der Geist reden?“

„Nein, – paßt nur auf!“ Und nun nannte Gabriele der Reihe nach die Buchstaben des Alphabetes. A, B, C, und so fort.

Bärbels Herz klopfte stürmisch. Wenn doch jetzt ihr geliebter Gotenkönig, der schwarzhaarige Teja, in dem Tische säße. Sie schwärmte so furchtbar für diesen unglücklichen Mann. Angstvoll verfolgte sie jedes Neigen des Tisches. Als er bei dem Buchstaben R nur noch ganz leise wackelte, stieß ihn Bärbel in ihrer Begeisterung kräftig weiter, immer noch einmal, immer noch, bis endlich der Buchstabe T erreicht war. Dann hielt sie den Tisch fest.

Nun ging es von vorn los. Wieder wartete Goldköpfchen in angstvoller Spannung, um beim Buchstaben E die Hände fest auf die Platte zu pressen. Schließlich hatte man den Teja herausgefunden, und triumphierend schaute sich Gabriele im Kreise um.

„Der unglückliche Gotenkönig sitzt unter uns, – der letzte seines Volkes. – Was soll er uns künden?“

„Wer die anonymen Briefe in der Schule schreibt,“ flüsterte Bärbel.

„Richtig! – Hoher Gotenkönig, sage es uns, wer unsere Mitschülerinnen in so gemeiner Weise beschimpft? Sprich, künde aus dem Jenseits, wer es ist!“

Jetzt half Bärbel nicht mehr nach. Sie war selbst viel zu gespannt, von wem alle diese Niederträchtigkeiten kamen. Sie selbst war bisher mit solch einem häßlichen Briefe verschont geblieben, aber Edith, Valeska, Trude und noch viele andere hatten derartige Schreiben erhalten.

Gabriele begann wieder die Buchstaben aufzuzählen. Der Tisch wackelte und wackelte, bis er endlich bei W halt machte.

„Wanda?" ging es im Kreise umher? Wanda war eine sehr unbeliebte Obersekundanerin.

Richtig, bei A hielt der Tisch zum zweiten Male an.

Dann wackelte er weiter. Man buchstabierte Wag, dann ging es weiter „Wagn", auch der Vokal E kam noch. Da sprang Bärbel auf.

„Du bist wohl verrückt? Ich habe diese Briefe nicht geschrieben!" Laut schlug sie mit der Faust auf die Tischplatte.

Die Umsitzenden schauten verlegen und mißtrauisch auf Bärbel.

„Das habt ihr gemacht," rief Bärbel, „ihr habt den Tisch hin und her gedrückt, um mich zu ärgern."

„Nein, der Gotenkönig."

„Quatsch! Meint ihr, der Gotenkönig sitzt in diesem Tisch? Das ist ja alles dummes Zeug! Wenn ihr mir so Gemeines zutraut, komme ich nie wieder zum Kaffee zu einem von euch."

„Aber, Bärbel," beschwichtigte Edith, „das glaubt doch keiner von dir."

„Doch, einer muß es glauben, sonst hätte er den Tisch nicht so lange hin und hergeschoben, bis mein Name daraus wurde. Solch ein Blödsinn, ein Geist soll in einen Holztisch kriechen. Ich pfeife auf den Geist!"

„Er hat sich eben geirrt," beschwichtigte Gabriele. „Vielleicht gibt es eine zweite Wagner, die die Briefe geschrieben hat."

„Mich habt ihr damit kränken wollen!"

Man widersprach lebhaft. Man versicherte Bärbel der innigsten Freundschaft. Nur die kleine schelmische Lisa lächelte verstohlen dazu.

Aber Bärbel machte ihrem entrüsteten Herzen unentwegt Luft, schimpfte auf die Geistersitzung, auf Teja, auf allen Aberglauben und auf die Anwesenden.

Währenddessen hatte Lisa ihre Mitschülerin Edith auf die Seite gezogen.

„Ich war es, Edith, ich habe gemerkt, wie Bärbel durchaus den Teja haben wollte, und wie sie den Tisch gewaltsam hin und her schob. Da habe ich auch etwas nachgeholfen."

„Pfui, Lisa, das finde ich gemein!"

„Es war doch nur ein Spaß."

Frau Langen, die den Tumult im Zimmer hörte, kam schließlich und schlichtete den Streit. Auch sie wußte der Geistersitzung einen so humoristischen Anstrich zu geben, daß Lisa endlich freimütig gestand, daß sie sich den kleinen Spaß erlaubt habe. Nun gab auch Goldköpfchen zu, daß es durchaus den Teja haben wollte und tatsächlich geglaubt habe, man könne dadurch den Geist beeinflussen, hier zu erscheinen.

Bei einer guten Ananasbowle wurde der Frieden zwischen den jungen Mädchen wieder hergestellt. Schließlich tranken alle auf den Gotenkönig Teja und stellten die Gläser auf die Platte des verhexten Tisches.

Also war auch das kein Erlebnis geworden. Aufseufzend berichtete Bärbel dem Großchen, daß ihre Hoffnungen abermals fehlgeschlagen wären. Sie müsse sich wohl damit abfinden, ein Dasein des Alltags zu führen, ihr sei es nicht beschieden, auf den Höhen des Lebens zu wandeln.

„Sei glücklich und zufrieden, Bärbel, daß du eine so schöne Jugendzeit verlebst. Du hast deine Eltern, deine Geschwister, du darfst dir einen Lebensberuf nach deinem Ermessen wählen, hast satt zu essen und bist gesund. – Was willst du mehr?"

„Du hast ja recht, Großchen, mit dem Lebensberuf ist das freilich so 'ne Sache. – Wenn ich nur erst im klaren wäre, was ich einmal werden möchte."

„Zum Überlegen bleibt dir noch lange Zeit, mein liebes Kind."

„Ich denke, ich werde Arzt. Dann kommt das große Erleben. Wenn die Todkranken vor mir liegen, mache ich sie mit meinem Können wieder gesund. – Vielleicht werde ich aber auch ein berühmter Erfinder. – – Lehrer werde ich ganz bestimmt nicht, Großchen, dieser Beruf gefällt mir nicht."

„Wer so geschickte Hände hat, wie du, mein Goldköpfchen, dem steht die ganze Welt offen."

„Du meinst, weil ich so gut sticken kann? Oder weil ich so nette Sträuße binde?"

„Weil du in allem so viel Geschmack entwickelst, Goldköpfchen. Was du dir auch vornimmst, immer sieht es reizend aus. Was für hübsche Dinge machst du aus buntem Papier, wie nett stattest du Körbchen und dergleichen aus, wie anmutig verstehst du einen Tisch zu schmücken."

„Das ist ja alles ganz schön, Großchen, – wenn nur in meinem Leben das große Erlebnis wäre!"

„Das kommt mit den Jahren, mein geliebtes Goldköpfchen. Das läßt sich nicht gewaltsam herbeiziehen. Eine jeder Mensch hat sein Erleben, der eine früher, der andere später."

Wieder reihte sich ein Tag an den anderen. Da wurde Goldköpfchen an einem Nachmittage von Großchen mit einem zerbrochenen Schmuckstück zu einem ziemlich weit entfernt wohnenden Goldschmied geschickt. Da Bärbel in Dresden bereits gut Bescheid wußte, wanderte sie, um den Weg abzukürzen, durch mehrere kleine Nebenstraßen und bog schließlich in die steil aufsteigende Friedrichstraße ein.

Es war ein heißer Junitag, Bärbel trug ein schlichtes Voilekleid, das nur durch einige Spitzeneinsätze verziert war.

Ihre Gedanken weilten wieder einmal daheim bei den Eltern. Dabei bekam das jugendfrische Antlitz einen so verträumten Ausdruck; Bärbel vergaß alles um sich her, und schon manchmal war sie in solchen Fällen mit eiligen Fußgängern zusammengestoßen.

Heute wurde sie durch laute Rufe aufgeschreckt. Sie hörte scheltende Stimmen; die großen Blauaugen glitten die Straße entlang.

Vor ihr quälte sich ein vollbeladener Kohlenwagen die steile Straße empor. Bärbel hörte klatschende Schläge einer Peitsche, lautes Fluchen, sie vernahm verschiedene Zurufe von Frauenlippen; und eiligst setzte sich das junge Mädchen in schnellere Gangart, um zu sehen, was es dort vorn gäbe.

Sie überblickte sehr bald die Sachlage. Der beladene Wagen war viel zu schwer für das eine Pferd, das vorhin schon einmal in die Knie gebrochen, vom Kutscher aber roh emporgerissen worden war. Der Körper des Tieres war mit Schweiß bedeckt. Der junge Kutscher hatte die Peitsche umgedreht und schlug nun mit dem Stiel erbarmungslos auf das erschöpfte Pferd ein.

Die entrüsteten Umstehenden wurden von dem Rohling mit wüsten Schimpfworten bedacht, und als der Braune zum zweiten Male vorn in die Knie brach, versetzte der Kutscher dem Tiere mit dem Stiel der Peitsche einen schweren Schlag gegen die Weichen.

Bärbel sah das abscheuliche Schauspiel, und die Empörung wallte in ihr auf. Ihr Temperament riß sie hin. Mit wenigen raschen Sprüngen war sie mitten auf dem Damm, holte mit der Rechten weit aus und versetzte dem Kutscher eine schallende Ohrfeige.

„Tierschinder!"

Die Mütze flog dem Manne vom Kopfe, die Peitsche entfiel seiner Hand, aber im nächsten Augenblick hatte der rohe Bursche Bärbel vorn an der Brust gefaßt. Er schüttelte sie so stark hin und her, daß es dem jungen Mädchen schwarz vor den Augen wurde. Es besaß aber noch so viel Geistesgegenwart, um die kleine lederne Handtasche, die es trug, dem Kutscher ins Gesicht zu schlagen. Dann fühlte sich Goldköpfchen fortgerissen, sie sah sich von Menschen umringt; und als sie verstört wieder zu sich kam, stand vor ihr ein Polizeibeamter. Bärbel wurde von den Armen einer Dame gehalten, aus denen sie sich rasch löste und verlegen stotterte:

„Danke, danke, mir ist nichts."

Als sie aber an sich heruntersah, stellte sie errötend fest, daß der schmale Spitzeneinsatz auf der Schulter zerrissen war, der Ärmel des Kleides hing weit herab.

Sie raffte ihn hoch und schaute sich nach dem Pferde um, das jetzt wieder auf den Füßen stand. Sie sah auch den Kutscher, erblickte sein hochrotes Gesicht und hörte die lauten Beschimpfungen, die auf ihn herabhagelten.

Dann mußte Bärbel ihren Namen nennen. Sie wollte es anfangs nicht, und nur zögernd kam die Adresse von ihren Lippen.

„So ein tapferes junges Mädchen," sagte eine der Umstehenden.

„Das war die einzige Strafe für diesen Rohling," rief eine andere, „die Ohrfeige saß!"

„Das hat mir an Ihnen gefallen!"

Bärbels Hände wurden gedrückt; immer mehr Menschen strömten herbei. Sie war plötzlich der Mittelpunkt des Interesses. Einer erzählte es dem anderen, mit welcher Energie dieses junge Mädchen eingegriffen habe, und immer neue Menschen traten heran, um Bärbel anerkennende Worte zu sagen.

Goldköpfchen wurde immer scheuer und gedrückter. Am liebsten wäre sie jetzt in die Erde gesunken. Wie hatte sie nur so temperamentvoll handeln können!

„Bravo, bravo, kleines Fräulein," sagte ein alter, weißhaariger Herr und tätschelte Goldköpfchens Hand. „Wenn alle Menschen so mutig vorgehen würden, hätte die Tierquälerei bald ihr Ende gefunden."

„Ein prächtiges Mädchen!"

Bärbel zitterte vor Aufregung. Wollten denn diese Lobreden gar nicht enden? Sie hatte einem Kutscher eine Ohrfeige gegeben, stand hier mit zerrissenem Kleide und konnte aus dem sie eng umschließenden Kreise nicht heraus.

„Ach, lassen Sie mich doch fort," sagte sie endlich verängstigt.

Eine Frau reichte dem jungen Mädchen eine Sicherheitsnadel, damit wurde der ausgerissene Ärmel festgesteckt.

„Ich besorge einen Wagen, mein Fräulein," sagte der weißhaarige Herr, „so können Sie doch nicht heimgehen."

Jetzt erst bemerkte Bärbel, daß sich beim Schlagen ihre Handtasche geöffnet hatte und leer war.

„Meine Sachen!" rief sie erschreckt.

Die Umstehenden beteiligten sich am Suchen. Bärbel wurde immer verlegener, denn in der Handtasche steckte das Bild von Gerhard Wiese, ein nicht gerade sauber zu nennendes Taschentuch, eine zerbrochene Zigarette und ein Taschenspiegel mit Sprung, außerdem befanden sich einige Bonbons dazwischen. Als man ihr alle diese Sachen zurückgab, schämte sie sich sehr, und wieder hatte sie den heißen Wunsch, ein Tarnkappe zu besitzen, um zu entschwinden.

Endlich kam die Droschke.

„Nein," sagte Bärbel, „man soll das Pferd doch lieber nehmen und mit vor den Kohlenwagen spannen, sonst quält der Kutscher das arme Tier noch weiter den Berg hinan."

„Seien Sie ohne Sorge," sagte der Polizeibeamte, „dafür ist bereits gesorgt. Sie dürfen ruhig heimfahren. Der rohe Kutscher erhält einen gehörigen Denkzettel, und ein zweites Pferd wird gleich zur Stelle sein."

„Passen Sie auch gut auf, daß er das arme Tier nun aus Wut nicht noch mehr schlägt?"

„Dafür werde ich schon sorgen."

Bärbel war beruhigt. Als sie in den Wagen stieg, rief ein größerer Knabe begeistert: „Hoch soll sie leben!"

Bärbel erzitterte. Das war ihr noch nie passiert. Man hatte sie mitten auf der Straße in der großen Stadt Dresden hochleben lassen. Fremde hatten ihr die Hand gedrückt, ein alter Herr einen Wagen besorgt.

Als sich Bärbel in die Polster des Wagens lehnte, zog sie bald das rechte, bald das linke Bein vor Erregung hoch, in ihren Ohren tönte noch immer der Beifall der Menge, das Herz klopfte in stürmischen Schlägen.

Frau Lindberg wurde anfänglich aus dem Bericht der Enkelin nicht klug, denn alles sprudelte durcheinander: das Hochleben, der weiße Herr, die Ohrfeige, der zerbrochene Spiegel. Nur ganz allmählich kam auf Befragen der Großmama ein wenig Ordnung in den Bericht.

Gegen Abend machte sich Frau Lindberg zu einem Ausgang fertig. Eine Viertelstunde später saß sie in der Redaktion des Anzeigers.

„Wir kennen uns ja seit unserer Kindheit, mein lieber Herr Dressel. Nicht wahr, Sie tun mir den Gefallen?“

„Noch heute, gnädige Frau! Warum soll man einem so tapferen jungen Mädchen eine solche Freude nicht machen?“

„Nehmen Sie vielen Dank!“ – –

Dann kam der nächste Tag.

Es war ein merkwürdiger Zufall gewesen, daß eine Schülerin der unteren Klassen des Gymnasiums den Vorfall mit angesehen und sogleich darüber berichtet hatte. In der großen Pause wußte es bereits die ganze Klasse, daß Bärbel gestern nachmittag einem Pferde das Leben gerettet hatte. Sie wehrte verlegen ab, erzählte aber doch mit hell leuchtenden Augen von der Huldigung, die man ihr gebracht hätte.

Nach der Pause geschah etwas ganz Wunderbares. Mit dem Ordinarius erschien der Direktor in der Klasse.

„Barbara Wagner!“

Hastig überlegte Bärbel, was sie wohl schon wieder verbrochen haben könnte; und nur zögernd folgte sie dem Befehl, sich vorn ans Katheder zu stellen.

Dann sank der blonde Kopf immer tiefer, das rosige Antlitz wurde dunkelrot. Der Direktor berichtete von dem tapferen Vorgehen Bärbels und sprach ihr vor der ganzen Klasse seine volle Anerkennung aus. Er ermahnte die anderen Schülerinnen, jede Tierquälerei nach Kräften zu verhindern und sich an Bärbel ein Beispiel zu nehmen.

Damit war Bärbel die Hauptperson der ganzen Schule geworden. Alles drängte sich an sie heran, jeder lobte sie, und Bärbel wurde immer verlegener und kleinlauter. Wohl fühlte sie sich stolz und glücklich, aber es bedrückte sie doch, daß man so viel Aufhebens von ihr machte.

Sie war froh, als sie endlich im Sturmschritt nach Hause eilen konnte.

„Fräulein Bärbel, im Salon wartet ein Herr," sagte das Hausmädchen.

„Auf mich?"

„Ja, die gnädige Frau ist auch im Salon. Sie sollen gleich hineingehen."

Zögernd, mit kleinen Schritten, betrat das junge Mädchen das Zimmer. Ein Herr von etwa vierzig Jahren erhob sich. Er trug ein Päckchen in der Hand, auf dem drei rote Rosen lagen.

„Der Besuch gilt dir, liebes Bärbel," sagte die Großmama. „Hier siehst du Herrn Müller von der Kohlenfirma Groß & Co., der dir den Dank der Firma überbringt."

„Wir sind glücklich, mein gnädiges Fräulein, in Ihnen eine so reizende Polizistin gefunden zu haben. Wir sind stets bemüht, unsere Kutscher zur Schonung der Tiere anzuhalten, aber nicht immer erfahren wir von den scheußlichen Mißhandlungen. Wir hörten von Ihrem tapferen Vorgehen und danken Ihnen nochmals von Herzen."

Mit einer tiefen Verbeugung legte er das Konfekt und die Blumen in Bärbels Hand.

Goldköpfchen konnte nichts sagen. Sie stotterte etwas Unverständliches. Am liebsten hätte sie sich hinter die Großmutter versteckt. Lieber Himmel, was hatte sie denn so Aufsehenerregendes getan? Ein Herr der Kohlenfirma kam zu ihr, und heute früh hatte sie die Rede des Direktors angehört.

Der nette Herr richtete noch mehrfach das Wort an Bärbel, aber die junge Sekundanerin war in ihrem ganzen Leben noch niemals so verlegen gewesen wie heute. So empfahl sich Herr Müller bald, nicht ohne daß er zuvor noch einen lächelnden Blick auf die Verlegene geworfen hatte.

Als er gegangen war, blieb Bärbel noch stumm. Sie blickte abwechselnd auf die Rosen und auf das Konfekt.

„So, mein liebes Kind, nun komm zu Tisch.“

Schweigend folgte Bärbel. Neben dem Teller lag ein Zeitungsblatt, eine Stelle darin war rot angestrichen. Bärbel schaute darauf nieder. Alle Farbe wich aus ihrem Gesicht. Da stand zu lesen, daß die Untersekundanerin Bärbel W. gestern durch ihr resolutes Verhalten einer unerhörten Tierquälerei ein Ende bereitet habe. Die wohlverdiente Ohrfeige, die das junge Mädchen dem Kutscher verabreicht hätte, sei die einzig richtige Strafe für ein derartiges Verhalten. Der Artikel schloß mit den Worten: zur Nachahmung empfohlen!

Zwei große blitzende Tränen rollten über Bärbels Wangen. Dann schlug sie die Augen zur Großmutter auf, das Antlitz war wie in Sonne getaucht.

„Großchen,“ klang es zitternd vor innerer Erregung.

„Nun steht mein Bärbel sogar in der Zeitung.“

„Großchen,“ die alte Dame wurde von zwei Mädchenarmen fast erdrückt. „Nun hab' ich mein Erlebnis, mein riesenhaftes Erlebnis! Großchen, jetzt bin ich glücklich!“

In der Abendstunde kam ein Fliederstrauß, an dem hing ein Gedicht.

„Von Gerhard Wiese,“ jubelte Bärbel, dann las sie schwärmerisch:

„Wo ist der Held, der Dir an Kühnheit gleicht?
Die ganze Welt Dir heut den Lorbeer reicht,
Du Pferdeschützerin, nimm diesen Flieder,
Mein Herz senkt sich bewundernd vor dir nieder.“

Bärbel stürmte zur Großmutter.

„Großchen, wie sagt Carlos: o Gott, das Leben ist doch schön! Jetzt bin ich beglückt, jetzt bin ich befriedigt, mein Lebenszweck ist erfüllt!“

8. Kapitel
Nachdenkliches

Wieder einmal waren die Sommerferien gekommen, und Herr Apotheker Wagner hatte für dieses Jahr mit seiner Familie eine Erholungsreise an die Ostsee unternommen.

Vier volle Wochen wollte man am Meere zubringen, zwar nicht immer im Beisein des Vaters, denn Herr Wagner konnte unmöglich so lange fern bleiben. Aber er hatte versprochen, acht Tage später zu erscheinen, sich dann eine volle Woche der Familie zu widmen, wieder für kurze Zeit heimzufahren, um den Rest der Ferien mit der Familie zu verleben.

Bärbel strahlte. Sie liebte die Ostsee geradezu leidenschaftlich, außerdem freute sie sich auf das Neue, das sich ihr dort bieten würde. Sie war doch jetzt mit ihren sechzehn Jahren eine junge Dame und würde wahrscheinlich mit den Eltern zu den Tanzabenden gehen, sie würde auch sonst sicherlich vieles erleben. Oh, es würde herrlich werden!

Bruder Joachim hatte sein Examen als Diplom-Ingenieur zur Zufriedenheit bestanden. Zwar hatte er nicht so glänzend abgeschnitten wie Harald Wendelin, der das Examen mit Auszeichnung gemacht hatte. Es war daher kein Wunder, daß der junge Diplom-Ingenieur sofort eine Stellung in einem großen Unternehmen bekam.

Bärbel hatte einen Luftsprung gemacht, als sie erfuhr, daß die Firma nur eine halbe Stunde von Dresden entfernt ihre riesigen Anlagen hatte. Es würde also möglich sein, daß sie in der nächsten Zeit öfters mit Herrn Wendelin zusammentraf, denn er würde sicherlich zu Großchen kommen. Dann konnte man gemeinsam allerlei tolle Streiche unternehmen.

Als sie bei den tollen Streichen angelangt war, zog sie die Nase kraus. Mit Harald Wendelin ließ sich eigentlich keine Dummheit machen. Er erschien ihr stets wie ein Vater, so ernst, so gemessen. Aber vielleicht gelang es ihr doch, ihn dazu zu bringen. Großchen hatte doch immer gesagt: zur Jugend gehöre Fröhlichkeit, Lachen und Singen. Warum sollte sie das dem ernsten Harald Wendelin nicht beibringen können!

Auch Bruder Joachim war nicht mit an die Ostsee gereist. Er hatte zur Belohnung für das bestandene Examen eine größere Summe Geldes vom Vater erhalten und wanderte vergnügt durch die Alpen, die er bis jetzt noch nicht kannte.

So war nun Frau Wagner mit Bärbel und den Zwillingen vorausgefahren und hatte in einem netten Hause bei dem Uhrmacher und Goldschmied Zapp Wohnung genommen.

Da man mitten in die Hochsaison kam, wimmelte es von Badegästen. Welch ein lustiges Leben herrschte am Strande.

Man krabbelte im Sande und baute Burgen, badete, lachte und tollte in der kühlen Flut, um dann scharenweise zu den Konzerten zu gehen, hin und her zu promenieren und – Bekanntschaften zu machen.

Es wurde Bärbel heiß vor Erregung. Zum ersten Male in ihrem Leben durfte sie die junge Dame spielen, durfte sich nach eigenem Ermessen erfreuen, baden, Burgen bauen und auch Bekanntschaften anknüpfen, genau so wie alle anderen jungen Damen, die sie hier erblickte.

An den Läden blieb sie voller Bewunderung stehen. Was gab es hier für herrliche Sachen! Noch viel schönere als in Dresden. Sofort erwachte in dem jungen Mädchen das glühende Verlangen, eine der schönen, bunten Ketten, einen neuen Badeanzug, einen grellbunten Bademantel und andere Herrlichkeiten zu besitzen.

Es verging daher kein Tag, an dem das junge Mädchen nicht leicht schmollend zur Mutter kam.

„Sie sind alle viel schöner als ich, liebe Mutti. Wenn ich mit meinem ollen weißen Bademantel am Strande liege, sehe ich aus wie ein Bettelweib. – Die meisten haben so schöne Ketten aus großen blauen oder roten Perlen. – Komm doch mal mit, liebe Mutti. Auf der Brücke ist ein Laden. Dort bekommt man schon für fünf Mark solch eine Kette.“

„Du brauchst keine solche Kette, mein liebes Goldköpfchen.“

„Ich habe doch das weiße Kleid mit den blauen Punkten. Wenn ich dazu eine solche blaue Kette hätte, würde ich gewiß auffallen, Mutti."

„Es wäre entsetzlich, wenn mein Bärbel auffiele."

„Nein, Mutti, ich fände das gar nicht entsetzlich, es wäre doch wunderschön. Schließlich ist man doch hierher gekommen, um den grauen Alltag zu verscheuchen und der Freude zu leben."

„Hast du denn nicht Freude genug, mein Kind?"

Ein anderes Mal wieder kam sie mit der Frage, ob man wirklich schon nach vier Wochen heimreisen wolle. Ihre Bekannten vom Strande blieben alle die ganzen großen Ferien hier.

„Da wollen wir doch auch fünf Wochen bleiben, liebe Mutti. Warum sollen wir denn eher heim als die anderen?"

„Bärbel, Bärbel, sei zufrieden, daß du vier Wochen an der See sein kannst. Es gibt so viele, die sich mit ein paar freien Tagen begnügen müssen."

„Kaufst du mir dann aber die Kette? Morgen ist doch Tanzabend, und ich sehe so plundrig aus."

„Wenn du das meinst, Bärbel, so ist es bester, wir gehen erst gar nicht zu dem Tanzabend."

Erschrockenen Auges schaute Bärbel die Mutter an.

„Ich meinte es ja nicht so," meinte sie kleinlaut, „aber die Bekannten vom Strande haben Seidenkleider. Ich glaube, man darf nur in seidenen Kleidern zum Tanzabend kommen."

„O nein, mein Kind."

„Auf der Brücke ist ein Laden, Mutti, da gibt es schon seidene Kleider für zwölf Mark."

„Komm einmal zu mir, mein Kind. – Was ist eigentlich mit dir geschehen, – seit wann bist du mit nichts mehr zufrieden? Der Vati glaubte, auch dir eine große Freude zu bereiten, wenn er uns vier Wochen an die See schickt. Wir wollen ihm dafür doch auch recht dankbar sein."

„Das sind wir auch," sagte Goldköpfchen, indem es an der Unterlippe nagte. „Aber – – die blaue Kette möchte ich so gern haben."

„Du bekommst die blaue Kette nicht," klang es fest und energisch von den Lippen der Mutter.

Eine kleine, trotzige Falte zeigte sich aus der Stirn des jungen Mädchens.

„Im übrigen gehst du jetzt mit den Brüdern zum Strande. Ihr könnt die Burg fertigbauen, ich komme etwas später nach."

„Der Martin gräbt immer nur Höhlen, weil er den ganzen Tag Indianer spielt."

„Du gehst sofort mit den Brüdern zum Strand, Bärbel, kein Wort weiter!"

Da wußte Goldköpfchen, daß es keine Widerrede mehr gab. Sie wäre viel lieber ins Nachmittagskonzert gegangen, noch dazu, da man heute zwischen den einzelnen Musikstücken im Freien tanzte. Sie tanzte nun einmal für ihr Leben gern, aber die Mutter duldete es nicht, daß sie jedesmal diese Tanznachmittage besuchte.

So rief sie ziemlich herrisch nach den Brüdern, die begeistert vor ihr hereilten, um recht rasch wieder an den Strand zu kommen und ihre Räuberhöhle fertigzustellen.

„Ich kann schon bis hinter den Bauch in die Höhle hineinkriechen," plauderte Martin, „und heute graben wir so tief, daß auch noch die Beine reinrutschen."

Bärbel hörte kaum hin, sie hatte nur Ohren für die Musik, die vom Kurpark herübertönte. Ach, wie glücklich waren doch alle die, die hier tanzen durften; sie aber mußte als Kindermädchen mit an den Strand.

„Wir laufen voran!"

Weg waren die beiden Brüder.

Bärbels Schritte verlangsamten sich mehr und mehr. Schließlich blieb sie an dem Zaune stehen, der den Kurgarten von der Promenade abgrenzte.

Ein herrlicher Boston begann soeben. Es zuckte Bärbel in den Füßen. Die Brüder gruben ja doch nur an ihrer Höhle, sie würden die Schwester nicht vermissen. Die Kurkarte trug sie stets bei sich. Wenn sie nur einen einzigen Tanz auf dem Podium mittanzte, niemand würde es merken.

Noch zögerte sie. Sie wußte genau, daß sie den ausdrücklichen Wünschen der Mutter entgegenhandelte. Aber wenn sie nicht einmal die blaue Kette bekam, wollte sie doch heute wenigstens einmal tanzen.

Es zog sie mit aller Gewalt zu dem Platze hin. Sie reichte dem Kurdiener ihre Karte, sie näherte sich mit Herzklopfen dem Podium.

Da war es ihr, als käme von der Promenade her ein dumpfer Ton. Noch ein zweiter folgte, ein dritter. Bärbel blieb stehen und schaute rückwärts. Sie erblickte zwei Männer, die jeder einen tanzenden Bären vor sich hertrieben. Nach dem klirrenden Ton des Tamburins tanzte Meister Petz täppisch umher.

Ein Bär! – Bärbel stand plötzlich regungslos da. Durch die Straßen Dillstädts war auch einmal ein Bär gegangen. Oh, das war schon lange her. Damals war sie noch ein kleines Schulmädchen gewesen, das gerade nachgesessen hatte.

Das liebliche Mädchenantlitz erglühte. Jener Bär damals war der Anfang von vielen schrecklichen Stunden gewesen. Sie hatte die Mutter belogen, war dann von ihrem Mitschüler Georg Schenk arg bedroht worden. Sie sollte Geld schaffen. Sie hatte die fünfzig Pfennige fortgenommen und das Hausmädchen in schlimmen Verdacht gebracht.

Ein Zittern durchlief Goldköpfchens Körper. Es starrte auf den tanzenden Bär, stürmte plötzlich aus dem Kurgarten hinaus, hin zum Strande.

Sie sah nur Kuno; und als er Bärbel erblickte, stürzte er ihr weinend entgegen.

„Die Höhle ist soeben zusammengepurzelt, – der Martin ist futsch!“

Aus dem Sande ragten nur zwei Stiefel hervor. In der nächsten Sekunde begann Bärbel fieberhaft zu wühlen, und wenige Augenblicke später zog sie den stark verstörten Bruder aus dem Sandhaufen hervor.

Als er furchtbar zu schimpfen begann, hätte Bärbel am liebsten vor Freude geweint. Aber sie lachte krampfhaft und bekam dafür von Martin mehrere derbe Püffe.

„Ach du,“ sagte sie glücklich, indem sie den Bruder an sich riß, „ich bin so glücklich, daß du wieder da bist!“

Nun begann Martin zu weinen, denn jetzt erst kam es ihm zum Bewußtsein, daß er in dem Sande hätte ersticken können. Aufs neue ergoß sich eine Flut von Scheltworten über Bärbel und Kuno.

Und dann saß Bärbel still und versonnen in der Burg und atmete von Zeit zu Zeit schwer auf. Was wäre geschehen, wenn sie den einzigen Tanz getanzt hätte? Damals hatte ihr die gute Mutter verziehen, als sie den Bär vorgeschützt hatte. Heute wäre namenloses Elend über die Wagnersche Familie gekommen, wenn sie ihrem Verlangen nachgegeben hätte.

Nun schämte sich Goldköpfchen. Wenn die Mutter ihr eben verbot, zu tanzen, mußte sie sich fügen.

Es gab nicht einmal Vorwürfe daheim. Frau Wagner glaubte, daß die Knaben vorweggelaufen wären, und Bärbel konnte ihnen im Galoppschritt nicht nach. Und selbst, wenn sie sich absichtlich auf der Strandpromenade ein wenig verweilt hatte, durfte sie darüber auch nicht schelten. Ein großes Unglück war verhütet worden, die Knaben würden in Zukunft vorsichtiger sein.

In den nächsten Tagen arbeitete Bärbel sehr fleißig an der großen Decke, die sie der Mutter zum Geburtstag schenken wollte, denn dieser Tag fiel noch in die Ferienzeit. Bärbel fühlte sich der Mutter gegenüber recht schuldig und nahm sich vor, Frau Wagner doppelt durch diese schöne Handarbeit zu erfreuen.

Wenn sie aber so still an ihrer Arbeit saß, nagte doch manches an ihrer Seele. Das eine war die blaue Kette, das andere die verkürzte Ferienzeit. Bärbel wagte aber nicht mehr davon zu reden, sie fürchtete den strengen Ton der Mutter. Außerdem war der Vater inzwischen eingetroffen, man hatte manches Tanzvergnügen mit ihr besucht, aber Bärbel konnte nicht genug bekommen.

Als sie eines Tages wieder, bepackt mit der großen Decke, zum Strande gehen wollte, um dort ungestört zu arbeiten, sah sie an einer leeren Bank eine kleine, schwarze Ledertasche hängen.

„Wieder einer, der etwas vergessen hat!" Neugierig nahm sie die Tasche an sich, öffnete sie und erblickte darin zehn Zehnmarkscheine. „Ach – muß das eine Reiche sein, die hundert Mark in der Handtasche mit herumschleppt! – Wenn ich doch ein einziges Mal hundert Mark hätte!"

Und während Bärbel die Scheine immer wieder durch die Finger gleiten ließ, träumte sie von seidenen Kleidern, einer blauen Kette, dem bunten Bademantel und einer grellgelben Badekappe.

„Mumpitz," sagte sie seufzend, „das ist ja nicht mein Eigentum. Aber wenn die reiche Frau die Tasche aus dem Bureau abholt, wird sie mir sicher einen fabelhaften Finderlohn geben. Dann kaufe ich mir doch die blaue Kette. Die Mutti wird dann auch nichts mehr dagegen haben."

Wieviel Finderlohn würde sie wohl bekommen? Ganz bestimmt doch zehn Mark. – Vielleicht gab man ihr auch zwanzig. Vielleicht sagte die Betreffende auch, daß ihr an dem Gelde gar nichts liege. Denn wenn man hundert Mark alltäglich mit sich herumträgt, mußte man furchtbar reich sein.

Sorgsam steckte Bärbel alles in die Tasche zurück. Es war wohl am besten, sie ging gleich nach dem Fundbüro.

Aber da stürmte ihr auch schon ein junges Mädchen entgegen.

„Meine Tasche, meine Tasche!"

Voller Staunen betrachtete Bärbel die Erregte. Lieber Himmel, hatte die ein hageres Gesicht und so ein einfaches Kleid. Die sah doch gar nicht aus, als ob sie sehr reich sei.

Bärbel versteckte die gefundene Tasche auf dem Rücken.

„Sie werden einsehen, mein Fräulein, daß ich zuerst ein Verhör mit Ihnen anstellen muß, ehe ich Ihnen die Tasche zurückgeben kann."

Mit fliegendem Atem schilderte die andere, was sich in der Tasche befände, so daß Bärbel keinen Zweifel mehr hegen konnte, daß sie die rechtmäßige Besitzerin vor sich habe.

Da saßen sie nun nebeneinander auf der Bank, Bärbel voller Spannung darauf, was sie nun wohl bekommen würde, und die andere noch immer zitternd vor Erregung, aber doch innerlich beglückt, daß die Tasche wiedergefunden war. Ganz von selbst begann sie zu erzählen, und Bärbels Augen wurden immer größer.

Acht Tage Ferien waren der anderen zugebilligt worden, die von morgens acht Uhr bis abends acht Uhr als Verkäuferin in Berlin tätig war und die dann abends noch zu einem Herrn ging, um ihm Schreibarbeiten zu machen.

„Ich bin zum ersten Male an der See. Seit zwei Jahren freue ich mich auf meine Ferien. Ich habe daheim eine Mutter und noch vier Geschwister zu ernähren. Diese hundert Mark sind alles, was ich in langen Monaten gespart habe. Ich muß davon auch noch etwas wieder heimbringen. Ach, wie bin ich glücklich, daß ich hier sein darf."

„Acht Tage?" fragte Bärbel kleinlaut.

„Ist das nicht eine schöne Zeit? Denken Sie doch, acht ganze Tage Ferien! Einmal ausruhen zu dürfen, frische Luft zu atmen. – In Berlin schaue ich in einen kleinen Hof hinab, kein grünes Blatt ist zu sehen, kein Vogelgezwitscher zu hören. Ach, es ist ja so wunderbar schön hier!"

„Gehen Sie auch tanzen?"

„Nein, – ich genieße die See, die wundervolle blaue See! Kann es denn überhaupt noch etwas Schöneres geben, als diese Pracht zu sehen? Und die bewaldeten Höhen, ich kann mich nicht satt daran schauen.“

Bärbel wurde immer stiller. Sie war mit vier Wochen Ferien nicht zufrieden, sie wollte Vergnügen aller Art haben; und neben ihr saß auch ein junges Mädchen, dem strahlte das Glück aus den Augen, acht Tage lang Ferien zu haben und Berge und See zu schauen.

Dann kam der stürmische Dank, daß Bärbel die Tasche zurückgegeben hatte.

„Ich bin Ihnen doch einen Finderlohn schuldig. Darf ich Ihnen diesen Schein geben? Werden Sie es mir übelnehmen?“

Bärbel sprang auf. „Was denken Sie denn!“ Das junge Mädchen erschien ihr plötzlich so unnahbar, darum sagte sie zögernd: „Gnädiges Fräulein, ich denke gar nicht daran, wie käme ich dazu, etwas anzunehmen. – Erfreuen Sie sich weiter. Also, – viel Vergnügen, gnädiges Fräulein.“

Bärbel eilte davon. Auch jetzt wieder hatte sie das Gefühl, als nähme ihr ein Stein, der schwer auf dem jungen Herzen lag, den Atem fort.

Erst am Strande wurde ihr wieder leichter. Sie schaute lange auf die weite, blaue See hinaus, dann blickte sie rückwärts zu den bewaldeten Höhen. Goldköpfchen hatte plötzlich das Empfinden, als sei See und Wald noch nie so wunderschön gewesen wie heute.

„Vier Wochen Ferien,“ sagte sie laut vor sich hin, „oh, das sind viermal acht Tage. Das ist doch eine sehr lange Zeit! Ja, man kann doch glücklich sein, wenn man vier Wochen Ferien hat.“

Das junge Mädchen ging Goldköpfchen nicht mehr aus dem Kopfe. Von früh acht Uhr bis abends acht Uhr mußte es arbeiten, und Bärbel klagte schon über die kurzen Schulstunden. – Auch Harald Wendelin mußte arbeiten, und doch schrieb er so beglückt, daß ihm sein Beruf große Freude mache.

Sein Beruf! – Ja, einen Beruf mußte der Mensch wohl haben. Wie interessant verstand Fräulein Römer aus dem Strandkorb von nebenan zu erzählen, die eine Frauenschule besuchte und sich zur Säuglingsschwester ausbilden ließ. Dann hatte Bärbel zwei andere Damen belauscht, die in der Armenpflege tätig waren und auch so viel Interessantes zu berichten wußten.

Ja, einen Beruf mußte man wohl haben. Mit dem Heiraten würde es vielleicht nichts werden. Gerhard Wiese war zu Ostern sitzengeblieben, und die Eltern wollten ihn, wenn er nicht fleißiger wurde, von der Schule nehmen und in die Lehre geben. Er kam also als künftiger Ehemann für Bärbel kaum in Betracht.

Es war überhaupt so eine Sache mit den Männern. Wenn man einmal einen traf, der einem gleich beim ersten Anschauen das Blut zum Rasen brachte, war es bestimmt einer, der nur auf Betrug ausging und aus dem Elternhause eine wertvolle Bronze mitnahm.

„Wenn er gleich in richtige Elternhände gekommen wäre," murmelte Goldköpfchen, „wäre gewiß aus ihm etwas Rechtes geworden. Er hatte eine so edle Nase. Aber er ist in den Strom der Welt hineingerissen worden und wird heute als Hochstapler gesucht. – Gräßlich!"

Den Gedanken, Ärztin zu werden, hatte sie schon lange aufgegeben. Immerfort an den Menschen herumzuschneiden, mißfiel ihr; und für eine Lehrerin hatte sie schon gar nichts übrig. Aber Jura studieren, das war vielleicht schon eher etwas. Wenn sie dann in der schwarzen Kutte vor den Verbrechern stehen würde, – oh, wie wollte sie diese Schurken verfluchen! Und wenn dann Wilhelm Wolf eingeliefert wurde, – na, der sollte gründlich ihre Meinung zu hören bekommen.

Man hatte ihr gesagt, daß das Studium sehr schwierig und langwierig sei. Nein, das war wohl auch nicht das Richtige. So lange konnte sie doch unmöglich den Eltern auf der Tasche liegen.

Aber es war wirklich Zeit, an einen Beruf zu denken. Was mochten wohl alle die Menschen, die hier so fröhlich im Seebade weilten, für Berufe haben?

Die Berufsfrage ging Goldköpfchen nicht mehr aus dem Sinn; selbst dann nicht, als sie, den Bademantel unter dem Arm, langsam ihrer Wohnung zuschlenderte. Aufmerksam studierte sie die Schilder an den Häusern.

„Bäckermeister? – Vielleicht Konditorin? Oh, das wäre nicht schlecht. Ich würde viele Windbeutel backen und sie an meine Freundinnen zum halben Preise abgeben. Aber – – dazu muß man täglich früh um fünf Uhr aufstehen. –"

Dann kam sie vorüber an einer Klempnerei, bei einem Schuhmacher, dem Pumpenbauer; aber immer wieder schüttelte das goldhaarige junge Mädchen den Kopf.

„Handwerk hat goldenen Boden," sagte sie laut vor sich hin, „ein tüchtiger Handwerker ist etwas sehr Schönes. Großchen meint immer, meine Hände seien das Beste an mir. Ich wäre sehr geschickt. Ach – was könnte ich wohl werden?"

Bei diesem Stoßseufzer war die Wohnung erreicht. Vor der Ladentür stand Herr Zapp und grüßte freundlich.

Durch die geöffnete Tür warf Bärbel einen Blick in den Laden, überall hingen Uhren. Wie lustig die tickten!

„Darf ich einmal hereinkommen?"

Sie betrat den Laden und betrachtete neugierig alle die kleinen Rädchen und Räder, die umherlagen, und einige zerbrochene Schmuckstücke.

„Das ist wohl 'ne sehr kniffliche Sache, Herr Zapp?"

„O ja, man muß dazu Geduld und Geschick haben."

„Hm," meinte Bärbel, „Geschick hätte man vielleicht, aber – – ob man Geduld hätte? – – Wie wird denn solch eine Uhr zusammengesetzt?"

„Sie können ja einmal zusehen, Fräulein Wagner."

„Ach ja, furchtbar gern. – Können Sie auch diese zerbrochenen Ringe wieder heilmachen?"

„Natürlich."

„Immer in solch edlem Metall zu arbeiten, muß doch furchtbaren Spaß machen."

„Ich wollte, ich könnte nur Goldschmied sein, Fräulein Wagner, es ist das schönste Handwerk, das es überhaupt gibt."

„Ja, auch ein sehr vornehmes Handwerk, immer nur Gold, Silber und Brillanten um sich herum."

„Wenn es Sie interessiert, Fräulein Wagner, zeige ich Ihnen gern einiges."

Es interessierte Bärbel ungemein. Am Nachmittage saß sie bei Meister Zapp und schaute voller Neugier alles genau an. Er setzte mit der Pinzette eine Uhr zusammen, und Bärbel konnte gar nicht genug fragen.

„Machen Sie auch Verlobungsringe?"

„Ich habe es natürlich gelernt, Fräulein Wagner, aber in diesem kleinen Orte lohnt es nicht. Jeder Goldschmied muß es natürlich verstehen."

„Es muß herrlich sein, wenn man Bräutigam ist und ein Goldschmied dazu. Sich dann selbst den Verlobungsring zu schmieden."

Meister Zapp hielt Bärbel die Hand hin. „Den Ring habe ich gemacht."

„Gibt es auch Goldschmiederinnen?"

„Freilich, wir haben eine ganze Reihe junger Damen, die die Kunstgewerbeschule besuchen und das Goldschmiedehandwerk erlernen."

„Dann ist es beschlossen," sagte Bärbel, und ihre Stimme klang wie aus Grabestiefen, „die Berufsqual hat ein Ende gefunden. – Ich werde Goldschmiederin und hämmere mir meinen Trauring selbst!"

Es gab noch viele Stunden, in denen Bärbel bei Meister Zapp saß und Erklärungen verlangte. Je mehr sie sich in diese Wissenschaft einweihen ließ, um so größer wurde ihr Interesse; und eines Tages, als ihre Armbanduhr ein wenig nachging, nahm sie sich vor, im geheimen eine

Leistung zu vollbringen, über die nicht nur Meister Zapp, auch ihre Angehörigen staunen würden. – Sie wußte vom Uhrenbau schon manches. An diesem Stift mußte man schieben, wenn die Uhr nachging. Vielleicht konnte sie auch das Rädchen herausnehmen und wieder neu einsetzen.

Mit geheimnisvoller Miene borgte sie sich von Meister Zapp einen kleinen Schraubenzieher. Damit wurde die kleine Uhr bearbeitet. Aber obwohl sich Bärbel mit unendlicher Ausdauer bemühte, das Räderwerk wollte nicht wieder in Gang kommen.

So traf sie der Vater an.

„Nanu, was ist denn das?“

„Ach, Vati, ich wollte ein Gesellenstück vollbringen, nun ist die Uhr ganz kaputt!“

Dann beichtete sie ihm, daß sie bei Meister Zapp zwar schon viel gelernt habe, daß es anscheinend aber noch lange nicht genug sei.

„Wenn jedes Handwerk so leicht wäre, mein liebes Goldköpfchen, wie du annimmst, brauchte man nicht drei lange Jahre zum Lernen. Geh, trage die Uhr hinunter, Herr Zapp soll sie dir wieder in Ordnung bringen.“

Sehr kleinlaut überbrachte Bärbel dem Uhrmacher das Stück, und Meister Zapp lächelte verständnisinnig, nahm alles wieder auseinander und riet Bärbel, in Zukunft von weiteren Experimenten lieber abzusehen.

In den nächsten Tagen mußte sich das junge Mädchen wieder mehr seiner Handarbeit widmen. Der Geburtstag der Mutter stand nahe bevor, und die Decke war noch nicht ganz fertig. Auf jeden Fall mußte die Arbeit beendet werden, denn Bärbel hätte sich unsäglich geschämt, wenn es der guten und fürsorglichen Mutter eine unfertige Arbeit geschenkt haben würde.

Frau Wagner beobachtete schon seit einiger Zeit ihre Tochter verstohlen. Irgend etwas mußte ihrem Bärbel begegnet sein, denn Goldköpfchen hatte seit mehr als acht Tagen niemals wieder den Wunsch geäußert, die blaue Kette zu besitzen; auch war die wütende Tanzlust ein wenig verstummt. Sie freute sich darüber, denn sie hatte gerade in den ersten Tagen ihres Hierseins eine bange Sorge nicht unterdrücken können. Bärbel war anspruchsvoll und zuweilen auch mißmutig gewesen. War ganz von allein der schlechte Samen zertreten worden? Die Mutter hätte es gern gewußt. Und daher nahm sie sich heute vor, an jenem Laden stehenzubleiben, in dem noch immer die blauen Ketten hingen.

Das geschah.

„Die Ketten sind wirklich recht nett, aber es geht wohl auch ohne sie. Nicht wahr, Bärbel?"

Vor den Augen Goldköpfchens tauchte plötzlich das hagere, junge Mädchen auf, von dem Bärbel anfangs einen Finderlohn erhofft hatte. Die Ärmste saß nun lange wieder daheim und arbeitete, zehrte aber gewiß noch von der schönen Erinnerung an Wald und See.

Goldköpfchens Körper straffte sich.

„Man hat doch die blaue See und die grünen Hügel, Mutti. Bedenke doch, wie schrecklich es wäre, wenn man alltäglich in einen engen Hof hinabstarren müßte, in dem kein grüner Baum zu sehen ist, kein Vogel singt. – Man muß zufrieden sein, Mutti. – Ich denke, ich brauche die blaue Kette nicht."

Frau Wagner sagte dazu kein Wort, aber sie ahnte, daß diese Worte nicht in Goldköpfchens Innern geboren worden, daß sie aber hineingefallen waren und dort Wurzel geschlagen hatten.

Sie freute sich, daß sich auch hier wieder der gute Charakter ihres Kindes offenbarte.

Dann kam der Geburtstag der Mutter. Die Decke war fertig, strahlend konnte Goldköpfchen die Arbeit in der Mutter Hände legen. Es war ein prächtiges Stück geworden, und wieder staunte die gute Mutter über die Kunstfertigkeit der eigenen Tochter.

Man verbrachte diesen Tag sehr fröhlich, man stellte Goldköpfchen sogar frei, an diesem Nachmittage zu tanzen. Aber Bärbel schüttelte energisch den Kopf.

„Der ganze Tag gehört dir, Mutti, ich bin doch viel lieber bei euch als bei den anderen, zumal Vati heute abend mit dem letzten Zuge wieder heimfahren muß.“

„Ja, leider,“ sagte Herr Apothekenbesitzer Wagner, „aber es war doch eine schöne Zeit, die mich recht erfrischt hat.“

Am Abend brachte die Familie den Vater zur Bahn, dann kehrte man in die kleine Wohnung zurück. Bärbel, die stets, wenn der Vater zu Besuch weilte, in einer kleinen Nebenkammer schlief, durfte nun wieder umziehen und mit der Mutti in demselben Zimmer schlafen, während die beiden Brüder den anstoßenden Raum bewohnten.

Es war gegen zehn Uhr, als Mutter und Tochter zu Bett gingen.

„Schlafe süß ins neue Jahr hinüber, Mutti.“

„Du auch, mein Goldköpfchen!“

Dann war es eine Weile still im Zimmer.

„Mutti?“

„Nun, mein Goldköpfchen?“

„Was hast du denn soeben gemurmelt?“

„Ich will es dir sagen, mein Kind. Ich habe mit dem Himmel gesprochen und ihm gedankt, daß er mir so gute Kinder gegeben hat.“

Wieder war es eine Weile still, dann kam es noch leiser:

„Mutti, – darf deine Große noch ein bißchen zu dir ins Bett kommen?“

„Komm nur!“

Da sprang Goldköpfchen aus dem Bett und schlüpfte unter die Decke der Mutter. Einem kleinen Kinde gleich legte sie ihr goldenes Haupt in Frau Wagners Arme.

„Weißt du was, Mutti, – du hast eigentlich gar keine guten Kinder, – ja, die anderen, die mögen vielleicht gut sein, aber ich bin es nur manchmal.“

Goldköpfchen fühlte den pressenden Druck des Mutterarmes.

„Heute früh an deinem Geburtstage hast du etwas gesagt, Mutti, das geht mir nicht von der Seele, das drückt ein bißchen. – Du hast gesagt, du freust dich über unsere Geschenke, aber das größte Geschenk, das wir dir machen können, ist unser Vertrauen. Ich habe dir nicht immer alles gesagt, Mutti. – Willst du jetzt alles hören?“

„Ja, mein Goldköpfchen.“

Und in dieser traulichen Nachtstunde berichtete Bärbel von all den Versuchungen, denen sie hier ausgesetzt war, von dem Bär, von der zusammengestürzten Höhle, von der gefundenen Tasche, auch von ihrer Unzufriedenheit und ihrem Undank.

„Nun weißt du alles, Mutti. – – Bist du mir böse?“

Goldköpfchen fühlte einen langen Kuß auf seiner Stirn.

„Ihr habt mich heute alle sehr erfreut, meine geliebten Kinder; aber das schönste Geschenk habe ich soeben von dir erhalten, mein geliebtes Goldköpfchen. Komm auch weiterhin mit deinem Kummer und deinen Zweifeln zu mir, dann wird uns beiden das Glück erhalten bleiben.“